GARDEN OF STORIES
JARDIN DE CUENTOS

GARDEN OF STORIES
JARDIN DE CUENTOS

JIM SAGEL

Illustrated by SERGIO TAPIA

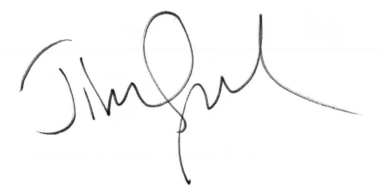

R·E·D
CRANE
BOOKS
SANTA FE

In memory of my father-in-law.

Grateful acknowledgment to the following readers of the Spanish text:
Dr. Nasario García, Dr. Ricardo Aguilar,
Maribel Leyva, and Nancy Zimmerman.

Printed in the United States of America
Book design by Beverly Miller Atwater
Cover art by Sergio Tapia

Library of Congress Cataloging-in-Publication Data
Sagel, Jim.
    Garden of stories = Jardín de cuentos / Jim Sagel ; illustrated
by Sergio Tapia.
              p.   cm.
    English and Spanish parallel texts on facing pages.
    Summary: Eleven-year-old Tomás visits his uncle and learns a
lot about his cultrual heritage from this wise storyteller.
    ISBN 1-878610-55-4
    [1. Mexican Americans—Fiction. 2. New Mexico—Fiction.]
I. Tapia, Sergio, ill.   II. Title.
PZ73.S252   1996
                                                    96-29216
                                                        CIP
                                                         AC

Red Crane Books
2008-B Rosina Street
Santa Fe, New Mexico 87505

CONTENTS ✗ TABLA DE MATERIAS

THE RING MAN

"Don't leave my ring on that arm! That's what I told them, but they didn't pay any attention to me. And because I lost my ring, I lost my wife too. *Imagínatelo,* Tomás."

Imagine it? My tío Herculano has repeated this story so many times that I could tell it from memory myself, even as tired as I am.

Who wouldn't be half asleep when it's still totally dark outside? But here's my uncle, waking me up because today we're going to plant the garden at his ranch, the same ranch where he lost one of his arms when he was young.

"We were threshing the wheat that day," tío Herculano says as he takes a seat on my bed. "My dad and my brother were there with me. That was a *long* time ago, why I still had my teeth back in them days.

"*Güeno,* I was feeding wheat into the thresher. That was our first *máquina* that ran with an engine. Before then, we used to use horses to run our threshing machines.

"So, I don't know how it happened—I must've had my mind on other things, probably girls, you know—but, anyway, I got too close to the thresher and I got my left arm caught in the belt. That *máquina* was so powerful that it yanked the arm right off my body!

EL SEÑOR DE LOS ANILLOS

—*¡No dejen el anillo en ese brazo!* Así les dije, pero no me hicieron caso. Y por perder mi anillo, también perdí a mi mujer. Imagínatelo, Tomás.

¿Imagínomelo? Pues, mi tío Herculano me ha dicho esta historia tantas veces que yo la pudiera haber contado de memoria, a pesar de mi cansancio.

¿Cómo no voy a estar medio dormido si todavía está oscuro afuera? Pero mi tío me está despertando porque hoy vamos a sembrar el jardín allí en su rancho, el mismo rancho donde perdió uno de sus brazos cuando era joven.

—*Estábanos* trillando el trigo ese día —tío Herculano dice, sentado en mi cama—. *Aí* andaban mi tata y mi hermano. Hace *munchos* años, *pos* todavía tenía dientes en aquel *antonces.*

—*Güeno,* yo estaba echando trigo en la trilladora. Era nuestra primera máquina de ingenio. Antes de eso, *usábanos* caballos para correr las máquinas de trillar.

—No sé cómo pasó, *pos* tendría la mente en otras cosas, en las mujeres seguro, pero el cuento es que me arrimé *muncho* a la trilladora y me cogí el brazo izquierdo en la faja. ¡Tanta era la *juerza* de esa máquina que me arrancó el brazo del cuerpo!

"But I guess I was a pretty tough *hombre* because I never passed out, not even when they took me down to the doctor in San Gabriel. That was fifty miles away, and back then there wasn't no roads like today, just trails or whatever you call them."

Tío Herculano is very proud that he didn't pass out during that terrible ride. In fact, he tells me, just like he's told me dozens of times before—he was even able to tell his father and his brother to take the wedding ring off his arm that was lying there.

"It was just my *mala suerte.*"

"What was bad luck?" I ask my uncle as I rub my eyes.

"Well, you know—leaving that ring on my arm. Just think about it. After that, my wife left me, just like my arm, *ve.* She flew away!"

With that, tío Herculano starts laughing that laugh of his. It sounds like a horse neighing, only several octaves lower. My uncle laughs so loud that it tickles me all over. I hear it with my stomach as much as with my ears.

"I never got married again—*¿para qué?* I didn't miss having a wife around, just like I've never missed having my left arm. You know something, Tomás? I don't even think I'd like to have that arm back again—*tú sabes,* if they could stick it back on my shoulder like they do these days.

"I'm used to not having it hanging around all the time. Anyway, I don't have to waste as much

—Pero yo era muy *juerte* quizás, porque nunca perdí el conocimiento, ni cuando me llevaron con el *dotor* en San Gabriel. Cincuenta millas me tuvieron que llevar, y en aquellos tiempos no había caminos como hoy día—sólo eran unas veredas, como quién dice. Tío Herculano tiene mucho orgullo de que no se desmayara durante ese viaje tan horrible. En efecto— me platica ahora, lo mismo que me lo ha platicado decenas de veces ya—hasta fue capaz de mandarles a su padre y a su hermano a que le quitaran el anillo de matrimonio del brazo arrancado.

—*Jue* muy mala suerte, sabes.

—¿Qué *jue* de mala suerte? —le pregunto a mi tío, restregándome los ojos.

—*Pos,* dejar ese anillo en el brazo. Fíjate que después, mi mujer se separó de mí. Lo *mesmo* que mi brazo, ve—¡se arrancó!

Con eso, tío Herculano suelta la carcajada tan característica de él. Tiene una risa como el *relinche* de un caballo, pero varias octavas más baja. Es una risa que oigo tanto con el estómago como con los oídos, pues es tan retumbante que me dan cosquillas por todo el cuerpo.

—Nunca volví a casarme—¿para qué? No me hacía falta una mujer, lo *mesmo* que el brazo izquierdo tampoco me ha hecho falta. ¿Sabes una cosa, Tomás? No creo que quisiera tener ese brazo de vuelta—tú sabes, si me lo pudieran pegar en el hombro otra vez, como saben hacer hoy en día.

—Ya estoy *impuesto* a no tenerlo *colgao* aí todo el tiempo. Al cabo que no tengo que gastar tanto dinero

money as your mama does buying you shirts. When the right sleeves of my shirts wear out, why I just turn them inside-out and start wearing out the other sleeve."

I can't believe he's telling me that—and me already eleven years old. It's true I used to believe it, that is, until one day I put one of my shirts on inside-out and realized that the right sleeve was still the right sleeve and the left the left.

Sometimes tío Herculano can make up some pretty tall tales, like the one he used to tell me when I was little and I'd ask him how he lost his arm. Lightning blew it off—that's what he used to say!

Once my uncle was riding on horseback in the mountains when a storm suddenly came up. A bolt of lightning hit a pine tree, passed through the ground and sizzled up the legs of the horse. It went out through my uncle's left arm and burned it right off. The horse fell down dead and my uncle was left with a charred stump of an arm. That's the story he used to tell me!

He also used to do everything he could to convince me that his arm had turned into smoke. One time he even took me to the *monte* to show me the tree that had been struck by the lightning, a big pine that was split down the middle and charred.

Just to make the story more interesting, tío Herculano also used to tell me that he had gained a special power, thanks to the lightning. He could generate electricity, not with a generator but with his very own body.

To prove it to me, he would light one of the burners of his gas stove. Then he'd put his one hand close to the flames and make a gesture like the magi-

como el que tu mamá gasta en tí comprándote camisas. Cuando las mangas derechas de las camisas mías se rompan con el uso, *pos* las vuelvo al revés y empiezo a desgastar la otra manga.

No puedo creer que me sigue diciendo eso, y yo ya con once años cumplidos. Por un tiempo sí lo aceptaba, es decir, hasta que me puse una de mis camisas al revés un día y me di cuenta de que la manga derecha seguía siendo la derecha, y la izquierda la izquierda.

A veces tío Herculano puede ser muy embustero. Cuando yo era niño y le preguntaba cómo había perdido el brazo, me echaba una mentira como una casa. Un relámpago se lo había volado, me decía.

Según la historia, mi tío andaba a caballo en la sierra cuando de repente llegó una tormenta. Un relámpago le pegó a un pino, pasó por la tierra, subió por las piernas del caballo y le salió por el brazo izquierdo, vaporizándoselo. El caballo cayó muerto y él se quedó con el muñón del brazo chamuscado. ¡Así me decía!

Hacía todo lo posible por convencerme de que el brazo se le había hecho humo. Una vez hasta me llevó al monte para enseñarme el pino rajado y medio quemado donde había caído el relámpago.

Y para dar picante a la historia, tío Herculano añadía que, gracias al relámpago, él se había quedado con una virtud extraordinaria. El podía generar electricidad, decía, no con un generador sino con su propio cuerpo.

Para probármelo, encendía un hornillo de su estufa de gas y, arrimando la única mano a las llamas, hacía un ademán como los que hacen los magos clásicos del

cians in the movies do. Sparks would go flying in all directions, and, I have to say, I was pretty impressed at the time. Later on, I realized that the "magic" in his hand was actually the filings he would save up from sharpening his saws.

My uncle would also tell me that he never had to pay an electric bill because he "charged" his own house. He had "proof" of that too, a bare wire that was sticking out of the side of his house. All he had to do, he would tell me, was hold onto that wire for a few minutes every two or three days, and, abracadabra, the power would flow into the house and light up the fuses.

My mother nearly blew a fuse when she found out tío Herculano had told me that story. I guess she was afraid I might touch a wire and electrocute myself. She's never cared too much for my uncle, I think because of the crazy stories he's always telling. In fact, she wasn't so happy about my spending the night with my uncle, but he insisted so we could get up early.

But it didn't do us much good because we went to bed so late. My uncle got all cranked up telling ghost stories. Since he lives right next to a graveyard, he says that he knows all the *espíritus* that hang around there.

He claims that he can hear those spirits talking at night, carrying on conversations just like when they had real mouths to talk with. A lot of flirting goes on between the ones who died young (and some that weren't so young as well). Other souls gossip all night long about this one that died pregnant and that one who commited suicide, clucking like a bunch of chickens for all eternity.

cine. Saltaban chispas por todos rumbos, algo que me impresionaba mucho en aquel entonces. Después caí en la cuenta de que con los dedos de esa mano "mágica" tiraba las limaduras que juntaba después de amolar sus *serruches*.

Mi tío también me decía que no tenía que pagar ninguna cuenta de electricidad ya que él mismo "cargaba" su casa. Tenía "prueba" de eso, desde luego, un alambre pelado que tenía al lado de su casa. Sólo era cuestión de agarrarlo bien por unos minutos cada dos o tres días, me decía, y, abracadabra, subía la energía y se encendía la luz.

A mi madre se le subió la mostaza cuando se enteró de que tío Herculando me había platicado esa historia. Quizás temía que yo fuera a tocar un alambre y electrocutarme. A ella nunca le ha caído bien mi tío Herculano, creo que a causa de lo mentiroso que puede ser. Ni quería que yo pasara la noche con mi tío, pero él insistió para poder levantarnos temprano.

Pero no nos acostamos a buena hora de todas maneras, ya que tío Herculano se dio cuerda contando historias de fantasmas. Como vive al lado de un camposanto, dice que conoce muy bien a los espíritus que rondan allí.

Dice que los escucha de noche, conversando lo mismo como hacían cuando tenían una boca con qué hablar. *Izque* siguen coqueteando los que murieron jóvenes (y algunos no tan chamacos también). Otras almas chismean de una que falleció embarazada y otra que se suicidió, cloqueando como unas gallinas por toda la eternidad.

And then there's the two *compadres* at the edge of the graveyard who argue about everything, from who has the best tombstone to who has the prettiest flowers or the most faithful widow.

The dangerous ones, according to tío Herculano, are the ones who fly around in balls of fire. Those are the ones who are still burning with their sins, and you can see them dancing over the graves.

Tío Herculano waited until he told me that before he decided to send me out to the shed for the shovel and the hoe. The shed sits right next to the graveyard.

"Can't we wait until tomorrow, tío?" I asked.

"No, *hijo,* I've got to sharpen the hoe tonight. Don't tell me you're afraid."

Once he said that, I had to go.

It's gives me the chills to remember what I saw . . . but, no—that was just a dream. Yes, in my dream last night, tío Herculano also sent me to the shed, but I didn't want to go because I saw a ball of fire jumping all over the graveyard.

But I went anyway because, even in my dreams, I know I can't disobey my uncle. I got to the shed just fine, but once I was inside, I heard a dog growling.

I burst out through the door and ran like mad all the way back to the house because a huge black dog was chasing right behind me. If it hadn't been for the growling, I would have thought it was a bear instead of a dog, it was so gigantic.

What a scary dream, I think, happy to find myself in bed, far away from nightmare dogs, all warm and...

Luego hay dos compadres en la orilla del camposanto que todo disputan, ya sea quién tenga la mejor lápida, las flores más bonitas, o la viuda más fiel.

Los peligrosos, según tío Herculano, son los que andan en forma de una bola de lumbre. Esos son los que aún arden con sus propios pecados, y se pueden ver bailando encima de las tumbas.

Fue después de contarme eso que mi tío decidió mandarme a la *dispensa* por la pala y el cavador. La *dispensa* queda pegada al camposanto.

—¿Que no podemos esperar hasta la mañana, tío? —le pregunté.

—No, *pos* tengo que amolar el cavador, hijo. No me digas que tienes miedo.

Entonces sí tuve que ir.

Me da un escalofrío al recordar lo que vi ... pero, no—eso sería un sueño. Sí, en mi sueño tío Herculano también me mandó a la *dispensa,* pero no quería ir porque vi que había una bola de lumbre brincando por todo el camposanto.

Fui siempre porque hasta en los sueños sé que no se puede desobedecer a mi tío. Llegué bien a la *dispensa,* pero cuando estuve adentro, oí a un perro gruñir.

Arranqué huyendo, corriendo como un loco para la casa porque detrás de mí venía un gigantezco perro negro. Si no hubiera sido por los gruñidos de perro, habría pensado que era un oso, tan grande que se miraba.

Qué sueño más espantoso, pienso, contento de hallarme en la cama, lejos de los perros de las pesadillas, *calientito y...*

"It's time to get up, Tomás!" roars tío Herculano. "Here I've already milked the cow and you're still sawing logs.

"*Oye, préstame la mano,*" he goes on, grabbing my hand. "*Güeno,* don't give it to me like I gave mine to that *máquina.* Mira, I'm going to show you a game we used to play when I was your age."

Starting with my little finger, he recites a verse, pulling each of my fingers as he sings.

> This is the little and handsome one.
> This is the Ring Man.
> This is the long and vain one.
> This is the one that licks the pots.
> And this one goes up to the mountains
> to kill deer.

At the same time he says that last line, he hits me on the head. "Like my mama used to say, *el golpe avisa*—no better warning than a blow. *Güeno, hijo,* get up and get yourself dressed because we've also got to go up to the mountains.

—¡Levántate ya, Tomás!—ruge tío Herculano—. Ya he *ordeñao* la vaca y tú todavía *trampando oreja.*

—Oye, préstame la mano —continúa, cogiéndome de la mano—, *güeno,* no como le presté la mía a esa máquina. Mira, te voy a enseñar un juego que *jugábanos* cuando yo tenía la *edá* tuya.

Empezando con mi dedo meñique, recita un verso, jalándome los dedos, uno por uno.

> Este es el chiquito y bonito.
> Este es el señor de los anillos.
> Este es el largo y vano.
> Este es el chupacazuelas.
> Y éste se sube a la sierra a matar venados.

17

Al decir este último, me da un golpecito en la cabeza. —Como *dejía* mi madre, *el golpe avisa. Güeno,* hijo, levántate y vístete que nosotros también tenemos que subirnos a la sierra.

BEWITCHED TORTILLAS

"There's nothing wrong with them, but throw them to the pig if you want," says tío Herculano.

When I came into the kitchen this morning, I found him packing these old tortillas for our lunch in the mountains. God only knows how long he's had these tortillas in his cupboard—well, long enough to grow mold.

But that's my uncle for you. He never throws anything away, which is why his yard looks like a junkyard. It's stacked with rusty engine blocks, abandoned toilets, piles of twisted lumber, the carcasses of several cars, and such a vast and varied collection of pipe that it would make any plumber die of envy.

Tío Herculano's philosophy is that, sooner or later, everything comes in handy, and, the truth, he's right. He does fix a lot of things with all those spare parts and junk.

I know he never throws any food away either. *I'm not picky*—he says—*I'll even eat things that have been dead for fifteen days.* And, believe me, he's not lying.

But I don't have that kind of courage, so I grab the prehistoric tortillas and the five-gallon bucket with the whey from yesterday's milking. While tío Herculano gets the truck and the tools ready, I walk out into the darkness to feed the animals.

TORTILLAS ENDEMONIADAS

—No tienen *na'a,* pero échalas al marrano si quieres —dice tío Herculano.

Al entrar a la cocina esta mañana, lo había hallado empacando estas tortillas viejas para nuestra comida allí en la sierra. Sabrá Dios cuánto tiempo las ha guardado en su trastero, pues hasta *mojo* tienen.

Así es mi tío que nunca tira nada. Por eso su *yarda* parece un depósito de chatarra con bloques oxidados de ingenio, retretes abandonados, montones de madera torcida, varios cadáveres de automóvil, y una tubería tan vasta y variada que envidia le daría a cualquier plomero.

Su filosofía es que tarde o temprano todo le puede servir a uno, y tiene razón. Tío Herculano sí compone muchas cosas con esas piezas sueltas de máquinas.

La comida tampoco se tira en esta casa. *Yo como de todo, hasta muerto de quince días,* dice mi tío. ¡Y no exagera!

Pero como yo no tengo tanto valor así, agarro las tortillas antediluvianas y el bote de cinco galones con el suero de la leche de ayer. Mientras tío Herculano va alistando la *troca* y las herramientas, salgo a la oscuridad para encargarme de los animales.

I'll have to struggle to lift that heavy bucket up since the logs of the pigsty are taller than I am. My uncle says he was forced to build it that high because his pig was always jumping out. He calls his leaping pig *el Chapulín*— "the Grasshopper."

The very same day tío Herculano bought *el Chapulín,* he escaped from his pen. My uncle spent a number of weeks battling with his fleet-footed pig until, finally, he decided it would be better to develop his *"talento."*

According to tío Herculano, he trained that pig like an Olympic athlete. Afterwards, he'd bet the neighbors that *el Chapulín* could jump out of their corrals. He made enough money on those bets, he says, to buy *la Azul.*

That old, battered Ford pickup is so rusted-out and covered with mud that I can hardly believe it was once really blue. If it is true that tío Herculano bought it new, then, as well as being a high-jump champion, that pig must be awfully old.

Well, if he is that old, then he won't mind waiting a little while I go feed the chickens first. Leaving the bucket and the tortillas beside the pigsty, I head towards the chickenhouse.

I'm half-asleep after staying up all night listening to my uncle's stories. Before we went to bed, he told me about how the dead come to say goodbye.

When someone you love dies, they come to take their leave of you—he said. They'll rattle the dishes or bang on the windows or the roof. They make all kinds of racket to let you know that they've arrived.

Tendré que subir con dificultad al bote pesado ya que los palos del *trochil* están más altos que yo. Mi tío dice que fue obligado subir esos palos para que no saltara para fuera el Chapulín—así se llama su marrano brincador.

El mismo día que tío Herculano lo compró, el Chapulín se escapó del *trochil*. Mi tío pasó varias semanas batallando con el marrano ligero hasta que optó por desarrollar su "talento".

Izque empezó a entrenarlo como un atleta de los Juegos Olímpicos. Después les apostaba a los vecinos a que el Chapulín brincaba de sus corrales. Tanto dinero hizo, dice, que hasta compró la Azul.

Esa vieja y arruinada *troca* Ford está tan llena de *mojo y zoquete* que me cuesta mucho creer que alguna vez fuera azul. Si es cierto que tío Herculano la compró nueva, entonces además de ser un campeón del salto de altura, este marrano tendrá pero muchísima edad.

También tendrá que esperar un poco, pues mejor les echo grano a las gallinas primero. Dejando el bote y las tortillas al lado del *trochil,* me dirijo al gallinero.

Ando bien desvelado por escuchar tantas historias de mi tío anoche. Antes de acostarnos, me platicó de cómo se despiden los muertos.

Cuando se mueran los que quiere uno, vienen a despedirse —dijo—. *Hacen sonar los trastes, golpean al techo o a las ventanas—hacen toda clase de ruido para avisar a uno que están aí.*

23

My uncle went on to tell me about a *compadre* of his who had died unexpectedly. Apparently, he was cutting firewood in the mountains when a pine tree fell on top of him. That same night, he came to pull my uncle's toes.

I think that must be another one of my uncle's tall tales, but, still, I stayed awake in my bed for a long time thinking about my tía Zulema.

Tía Zulema, who was my uncle's sister, died just a month ago. Since she used to live next to us, I would visit her all the time. She always gave me *dulces*, cinnamon candies which were the best I've ever tasted.

Tía Zulema was a very smart and kind lady. What I used to like most of all was when she would read my fortune in the cards. You'd think she couldn't see anything at all with those thick glasses she used to wear, but she saw more than most people with perfect sight.

A lot of things that my aunt used to see in the cards turned out to be true, like that time she told me I was going to get "wheels" from my sister, C. M. (her name is actually Cresencia Marta, but since she doesn't like it, she always uses her initials). A few days later, C. M. won a bicycle in a church raffle, so she gave me her old one, my first *ruedas*.

I was really close to my tía Zulema, so last night when a noise in my room woke me up, I thought it might be her, scratching on the bed to say goodbye to me.

I'm not sure if it was my aunt, but I do wish I had her ability to forsee things now that I've got to go inside the chickenhouse. Before opening the door, I pick

Mi tío siguió platicándome de un compadre suyo que murió de una manera imprevista. *Izque* estaba cortando leña en el monte cuando un pino se cayó sobre él. Esa misma noche llegó para jalarle los dedos de los pies a mi tío.

Eso será otro cuento exagerado de tío Herculano, yo creo, pero de todos modos me quedé despierto en la cama un buen rato anoche pensando en mi tía Zulema.

Tía Zulema, que fue una hermana de mi tío, murió hace un mes. Seguido la visitaba, como ella vivía al lado de nosotros. Ella siempre me daba dulces, unos acanelados que eran buenísimos.

Tía Zulema era una mujer tan sabedora como simpática. Lo que más me gustaba a mí era cuando me leía la fortuna con las barajas. Pensaría uno que ni los pudiera ver con esos anteojos tan gruesos que usaba, pero ella veía más de lo que ve la gente con la buena vista.

Mucho de lo que mi tía veía en las cartas resultaba cierto, como aquella vez que me dijo que me iba a regalar "ruedas" mi hermana C.M.—Cresencia Marta se llama, pero como a ella no le gusta su nombre siempre usa los iniciales. Unos días después, C.M. ganó una bicicleta en una rifa de la iglesia, y a mí me dio su vieja bicicleta, mis primeras "ruedas".

Yo quería mucho a tía Zulema, de modo que anoche cuando me desperté al oír un ruido en el cuarto, pensé que a lo mejor sería ella, rasguñando la cama para despedirse de mí.

Sea como sea, quisiera tener ese don de mi tía, de ver lo invisible ahora que me toca entrar al gallinero.

up a stick from the ground to defend myself, like always, from *el Tuerto*.

That feathered *diablo* is tío Herculano's rooster. Everytime he sees me, he jumps me. *El Tuerto* is so mean that he even survived an attack by a pack of dogs who tore open a hole in the wire of the *gallinero* and finished off all of my uncle's chickens. But they were only able to claw one of the rooster's eyes out. That's how he ended up with that nickname and became such a favorite of my uncle's.

As for me, I always take a swing at *el Tuerto* with a stick, delivering a blow that would kill a less evil-tempered rooster. But now, in the darkness, I know *el Tuerto* will have the upper hand as a true "king in the land of the blind."

And, sure enough, as soon as I lift the lid to the barrel of corn, the little devil is pecking away at my leg. Yelling as much out of surprise as pain, I try to hit him in the blackness, nearly whapping tío Herculano himself who's just come into the chickenhouse.

"Fighting again?" he says with a laugh. *El Tuerto*, of course, turns into a little model rooster while my uncle kneels to gather the eggs from the three nests. But once we close the door behind us, the mad rooster leaps into the wire of the chickenhouse like a kamikaze pilot.

Tío Herculano laughs again when I ask him if he didn't hear the noises that woke me up last night.

"That scratching was probably the mouse that lives in that room," he says.

How disgusting to realize I slept all night with a mouse in the room! Did he run up and down my legs while I was asleep?

Antes de abrir la puerta, recojo del suelo un garrote para defenderme, como siempre, de el Tuerto. Es el gallo de tío Herculano, un diablo emplumado que siempre me tiene que atacar. El Tuerto es tan malvado que ni se murió cuando una manada de perros mesteños rompió el alambre del gallinero y acabó con todas las gallinas de mi tío. Sólo le sacaron un ojo a ese gallo. Así se quedó con el sobrenombre y, a la misma vez, le cayó en gracia a mi tío. Yo por mi parte siempre le doy un garrotazo al gallo que sería lo suficiente para matar a un animal menos maligno. Pero ahora en la oscuridad sé que el Tuerto dominará la situación como un verdadero "rey en el país de los ciegos".

En efecto, tan pronto como levanto la tapa del bote de maíz, aquí está el demonio picoteándome la pierna. Dando un grito tanto de susto como de dolor, trato de golpearlo a ciegas. Por poco le doy a tío Herculano que acaba de entrar al gallinero.

—¿*Peleaos* otra vez? —dice, riéndose. El Tuerto se porta como un modelo de buenas costumbres mientras que mi tío se agacha a juntar los huevos de los tres nidos. Pero cuando cierro la puerta al salirnos, el gallo enfadado se lanza sobre el alambre del gallinero como un piloto kamikaze.

Tío Herculano vuelve a reírse cuando le pregunto si él no oyó los ruidos que me despertaron anoche.

—Esos rasguños serían del ratón que vive en ese cuarto —dice.

Qué disgusto me da al enterarme que pasé la noche con un ratón. ¿Correría encima de mis piernas mientras dormía?

"Ay, tío—if I had known that, I would have brought *el Sueño* along to sleep with me.

El Sueño is my cat of many colors. Tía Zulema gave him that name when I told her that I had dreamt of the same stray cat that had appeared on her doorstep one morning. She sent the cat home with me along with his name, and I've taken very special care of him over the last four years.

"It wouldn't have done no good, *hijo,*" tío Herculano says. "That mouse is too darned smart. Didn't I tell you what happened when I brought a cat to hunt him?

"Well, that *gato* didn't waste no time. As soon as he caught the mouse, he told him, *You better confess because you're about to die.* So the mouse said:

> I remember breaking into the box
> to steal some sweet bread for a feast,
> Never thinking I'd have to confess
> to such a pretty little priest.

"When he heard that 'confession,' the cat started laughing so hard that he let the mouse get away. As soon as the mouse had slipped into a hole in the wall, he sang another verse to the cat:

> I remember breaking into the box
> to steal a hook and some line,
> Never thinking I'd have to confess
> to such a stupid feline.

"*Oye,* did you finish feeding the pig?"
"Not yet, tío. I was going to go do that now."

—Ay tío, si hubiera sabido eso, habría traído a el Sueño para que durmiera conmigo.

El Sueño es mi gato de muchos colores. Tía Zulema le dio ese nombre cuando le dije que yo había soñado con el mismito gato sin dueño que había aparecido en su casa una mañana. Me regaló el gato ya bautizado, y lo he cuidado muy bien durante los últimos cuatro años.

—De nada hubiera servido, hijo —dice tío Herculano—. Ese ratón es muy vivo. ¿Que no te dije lo que pasó cuando *truje* un gato para cazarlo?

—*Pos,* pronto pescó al ratón y le dijo, *Confiésate que ya te toca morir.* Así que el ratón le dijo:

29

> Yo me acuerdo que me robé
> De la caja un marquezote,
> No pensando confesarme
> Con tan lindo sacerdote.

—Al oír tal "confesión" el gato se puso a reír tanto que acabó por dejar escapar al ratón. Ya cuando se había metido en un *ajuero* de la *pader,* el ratón le echó otro verso al pobre gato.

> Yo me acuerdo que me robé
> De la caja un garabato,
> No pensando confesarme
> Con este maldito gato.

—Oye, ¿ya has *asistido* al marrano?

—No, tío. Pa'llá iba ahora.

While we walk to the pigsty, tío Herculano tells me a story about a pig they used to have when he was a kid.

"A witch killed him, Tomás."

"*Una bruja?*"

"*Sí, m'ijo.* It happened during my sister's wake—my sister Susana—you never knew her because she died very young. Who knows what she died of. Back in them times, we didn't have no doctors or hospitals, so people would get sick and, before you knew it, they died. *Le dio un torzón y se murió,* we'd say—He got a pain in his stomach and died—well, we didn't know about cancer or nothing like that back then.

"But one thing I'll tell you, we did know how to treat *los muertos* with more respect. Nowadays, we just dump off our dead relatives at the funeral home, pray an Our Father, and that's it.

"Not in the old days, Tomás. There was always a wake held at the house of the person who had passed away. All of the neighbors would get together to help out the family. The men would make the coffin and dig the grave, and the women would clean and dress the body.

"And, of course, they'd prepare plenty of food—*frijoles, carne, chile,* whatever you could think of—because everybody would be coming to the house to pray all night and stay with the grieving family."

Just when I think my uncle has completely forgotten the original point of his story, he picks up on it again.

"*Güeno,* there was this woman named Ninfa who brought a pot of posole to the house for my sister's

Mientras caminamos al *trochil*, tío Herculano me platica la historia de un marrano que tenía cuando era joven.

—Lo mató una bruja, Tomás.

—¿Una bruja?

—Sí, m'ijo. Mira, todo esto pasó durante el velorio de mi hermanita, la Susana—tú nunca la *conocites* porque murió muy joven. ¿Quién sabe qué le pasaría a la pobre? En aquel *antonces,* sin *dotores* y sin hospitales, la gente se enfermaba y pronto se moría. *Le dio un torzón y se murió, dijíanos, pos* no *sabíanos* del cáncer ni nada de eso.

—Pero sabes que tratábamos a los *dijuntos* con *muncho* más respeto en aquellos tiempos. Hoy día dejamos al muerto en la casa funeraria, rezamos un Padre Nuestro, y ya *estufas*.

—Pero antes no, Tomás. Siempre había velorio en la casa del *dijunto.* Todos los vecinos se juntaban para ayudarle a la familia. Los hombres hacían el cajón y el pozo, y las mujeres limpiaban el cuerpo y lo vestían.

—Claro que también preparaban *muncha* comida—carne, frijoles, chile, toditito—porque todos venían a la casa a pasar la noche rezando y acompañando a los dolientes.

Justo cuando pienso que a mi tío se le ha olvidado por completo el propósito de su cuento, toma el hilo.

—*Güeno,* una mujer que se llamaba Ninfa llegó a la casa con una olla de posole para el velorio de mi hermanita. Todo el mundo sabía que era una bruja, pero mi

wake. Everybody knew that Ninfa was a witch, but my mama didn't tell her nothing, she just said, *gracias.*

"Afterwards, she told me to throw that whole pot of posole to the pig. My mama knew all about Ninfa, and I guess she didn't want to end up with another dead person at the wake.

"So I went and did what I was told. I must have been eight years old at the time, and I had a lot of *respeto* for my parents—*güeno,* for all of my elders. Not like these days, if you ask a kid to do something they just laugh at you.

"Anyway, I went and emptied that pot of posole in the pigpen. But that poor old *marrano* never knew what hit him because, by the following morning, his legs were sticking straight up in the air."

"You mean he died, tío?"

"Dead as a doornail, *hijo.* And I saw that with my own eyes!"

"So she must have really been a *bruja,* that..."Ninfa, *sí,* Tomás. Just listen to what happened to me when I was a little older."

I begin to tear apart the old tortillas, letting the pieces drop in the bucket of whey while my uncle's words transport me back to a time when there was no electricity or automobiles.

"That day I had taken the cattle up to the forest. Back then, there wasn't no government fences and all of the forest lands were free and open.

"So, I went and stopped at Ninfa's house to see if she would give me some water. I remembered what she had done to the pig, but I wasn't afraid of her.

madre no dijo nada, *pos* solamente le dio las gracias.

—Después me mandó que le echara toda la olla al marrano. Mi madre ya sabía quién era la Ninfa, y seguro que no quería que hubiera otro *dijunto* en el velorio.

—*Jui* y hice como me habían *mandao* hacer. Tendría unos ocho años en aquel *antonces,* y les tenía *muncho* respeto a mis padres—*güeno,* a toda la gente de *edá.* No como hoy día que si le pides a un chamaco que te haga algo, mejor te traba los dedos.

—*Anyway, jui* y vacié la olla de posole en el *trochil.* Pero pobrecito el marrano, porque pa' la siguiente mañana amaneció con las patas pa'rriba.

—¿Que se murió, tío?

—Bien muerto, hijo. Y ¡yo lo *vide* con mis propios ojos!

—De modo que sí era bruja esta ...

—Ninfa, sí Tomás. Fíjate lo que me pasó una vez cuando ya tenía más *edá.*

Me pongo a rajar las tortillas viejas, dejando caer los pedazos en el bote de suero mientras las palabras de mi tío me transportan a aquellos tiempos cuando no había ni electricidad ni automóviles.

—Ese día había *llevao* las vacas a la floresta. En aquel *antonces* no había esos cercos del gobierno y el ejido todavía estaba libre.

—El cuento es que me paré *a case de* la Ninfa a ver si me daba agua. A pesar de lo que le había *pasao* al marrano, yo no le tenía nada miedo.

"It turned out she was making some tortillas and she invited me to have some lunch with her. *Güeno,* I was brave but I wasn't no fool, so I told her no. Well, if you would've seen how dirty that house was, with herbs and skins hanging from all of the *vigas,* and a stench that makes me sick just to remember it.

"But she kept insisting, so I finally agreed to take along some of those tortillas hot from the *comal.* I never meant to eat them, but when I got back home, I tore one of them open, just like you're doing now.

"It was horrible, Tomás! Can you believe that tortilla was crawling with worms inside!"

It's a good thing we haven't had breakfast yet, because I would have lost it all right there. But I do get wet splashing myself when I drop all of the tortillas into the whey—these tortillas that have become bewitched in my very hands!

—Tocó que estaba echando tortillas y me invitó a *lonchar* con ella. *Güeno,* valiente era pero tonto no, de modo que le dije que no. *Pos,* si hubieras visto lo sucio que era esa casa, con yerbas y pieles colgadas en todas las vigas, y un hedor que asco me da sólo al recordarlo.

—Pero como ella insistió, por fin quedé en llevarme algunas de esas tortillas *calientitas* del comal. Nunca tenía intención de comérmelas, pero cuando llegué a casa rajé una de ellas, lo *mesmo* como estás haciendo ahora.

—¡Qué horror, Tomás, pos estaba llena de *lumbrices!*

De suerte que no hemos desayunado porque seguro que lo hubiera perdido todo. Sólo me quedo salpicado de suero cuando dejo caer de golpe a estas tortillas que ya se han convertido en las embrujadas del cuento.

TÍA LUISA'S BIRTHDAY

We've been on the road to tío Herculano's ranch for half an hour now, and I'm just starting to feel a little better. I've felt like throwing up ever since he told me that story about the bewitched tortillas. I've even been pretending to sleep so he won't tell me any more about it.

When I open my eyes, I see we're about to arrive at the *pueblito* of Coyote. I can make out the sign with the peeling paint depicting a coyote howling and the words, *Sí señor, yo soy de Coyote.*

Lifting his foot from the gas pedal, tío Herculano says, "Let's stop at *la Casa del Moro.*

For years, the little general store has belonged to my uncle's sister, my tía Luisa. But, like all the old folks, tío Herculano still calls the store by its original name.

Since my uncle has told me the story on other trips up here, I know that the store was first opened by an Arab named Magú who came to Coyote a long time ago. He got married to a local woman and they had two daughters.

Magú, or *El Moro,* as everybody called him, learned how to speak Spanish as well as anybody who was born here, according to tío Herculano. His business did very well too, that is, until the First World War.

EL CUMPLEAÑOS DE TIA LUISA

Hace media hora que estamos en camino al rancho de tío Herculano, y apenas ahora se me están quitando las ganas que me dieron de vomitar al escuchar su cuento de las tortillas endemoniadas. Hasta he fingido dormir un rato para evitar que me cuente más detalles.

Abriendo los ojos, veo que ya estamos por llegar al pueblito de Coyote. Puedo divisar la cartelera con la pintura desconchada de un coyote aullante y el lema, *Sí señor, yo soy de Coyote.*

Quitando el pie del acelerador, tío Herculano dice, —Vamos a llegar a la Casa del Moro.

La pequeña tienda que vende de todo ha pertenecido hace años a la hermana de él, mi tía Luisa. Pero como todos los ancianos, tío Herculano sigue usando el viejo nombre para mentarla.

Como mi tío me ha contado la historia en otros viajes pa'cá, sé que un árabe que se llamaba Magú vino a Coyote muchos años pasados para establecer esta tienda. Se casó con una mujer del pueblo y tuvieron dos hijas.

El Magú, o "El Moro," como todo el mundo lo apodaba, aprendió a hablar español tan bien como los que nacieron aquí, según tío Herculano. Su negocio también prosperaba, es decir, hasta la Primera Guerra Mundial.

During those years, there was a terrible influenza that took half the population of Coyote. My own uncle lost his grandparents and one of his sisters. So many people were dying, in fact, that the carpenters couldn't make enough coffins, so many families had to bury their dead wrapped up in sheets.

Since there wasn't any other store in the area, a lot of sick people came to the door of *la Casa del Moro*. But they always found it locked. Magú was so worried that his daughters might catch the disease that he wouldn't let anyone come into his store.

You would have to yell out what you wanted through the keyhole and then stand back a distance so Magú could leave the groceries out on the *portal*.

But, in spite of his precautions, the *Moro's* daughters still got sick. When both of them died, nobody helped Magú pray over them or bury them. He ended up in the cemetery all by himself, digging graves for his daughters in the frozen earth.

After that, Magú left town with his wife. Apparently, that's when my aunt got the store. I'm not totally sure about that; I only know that tía Luisa has always been in that store that's as old and decaying as she is.

The tin roof is rusty and full of holes, and the walls haven't seen a coat of paint for decades. In front of the store there are two gasoline pumps that have fallen over from disuse ever since they opened that new gas station on the other side of town.

As usual, there are a few goats strolling on top of the rock wall that doesn't quite reach the end of the

Durante esos años llegó una influenza terrible que acabó con la mitad de la población de Coyote. Mi propio tío perdió a una de sus hermanas y a sus abuelos. Había tantos muertos, dice, que los carpinteros no pudieron dar abasto con los cajones, así que las familias se vieron obligadas a enterrar a sus difuntos envueltos en sábanas.

Como no había otra tienda en el área, muchos enfermos llegaban a la puerta de la "Casa del Moro". Pero siempre la hallaban atrancada, pues el Magú estaba tan preocupado por la salud de sus hijas que no dejaba entrar a nadie.

Uno tenía que gritar sus pedidos por el ojo de la cerradura y luego retirarse una distancia para que el Magú dejara los abarrotes en el portal.

Pero a pesar de su precaución, las hijas del Moro terminaron por enfermarse. Cuando las dos se murieron, nadie le ayudó ni a velarlas ni tan siquiera a enterrarlas. Allí se encontró solito en el camposanto, escarbando las tumbas de sus hijas en la tierra helada.

Después el Magú se partió con su mujer, y el lugar quizás se quedó con mi tía. No lo sé de ciencia cierta, sólo sé que tía Luisa siempre ha estado en esta tienda que se ve tan carcomida como ella.

El latón del techo está *mojoso* y agujerado, y las paredes no han visto una mano de pintura hace décadas. Delante de la tienda hay dos bombas de gasolina derrumbadas desde que instalaron la nueva gasolinera al otro lado del pueblo.

Me doy cuenta que hay unas cabras andando como siempre encima de la tapia de piedra que se acaba

yard. Beneath the porch is the worn-out couch where generations of drunks have slept off their hangovers, since the biggest part of my aunt's business has always been the sale of liquor.

I'll never understand how tía Luisa could be so different from tía Zulema. They have the same blood running through their veins, but that must be the only thing they have in common.

Tía Zulema is—well, she *was* such a nice woman, but tía Luisa is a bitter *vieja* with vinegar breath and a face like a shriveled-up apple. I think she hates me. Actually, she doesn't like anybody, which is why she's always all alone in this store that also serves as her home.

Tío Herculano knocks on the door. It's locked, but what can you expect when the eastern horizon hasn't even started to light up yet! Still, since my uncle seems to think everybody ought to be up at this ungodly hour, he starts singing in his full and deep voice.

> Out of the North is blowing
> the faintest breath of a wind.
> The doors of this house are locked
> and they don't want to let us in.

"That's one of the verses we used to sing when we'd go around *dando los días,* Tomás. It was such a nice tradition, too bad we don't do it no more.

"It was how we used to celebrate New Year's Day back in them times. We'd get together with a group of *músicos* and go from house to house, singing *versos.*

antes de llegar a la orilla del patio. Debajo del portal está el sofá arruinado donde generaciones de borrachos han dormido la cruda ya que la mayor parte del negocio de mi tía siempre ha sido la venta de licor.

Jamás entenderé cómo puede ser tan distinta tía Luisa a tía Zulema. Llevan la misma sangre en las venas, pero sólo eso tendrán en común.

Tía Zulema es—bueno, *era* tan buena gente, pero tía Luisa es una vieja muy desabrida, con cara de manzana podrida y aliento a vinagre. Yo creo que me odia—bueno, no quiere a nadie, por eso se ha quedado tan solita en esta tienda que también sirve como su casa.

Tío Herculano toca en la puerta que se halla atrancada, pues ¡cómo no si apenas empieza a aclarar el horizonte del oriente! Pero tal vez pensando que todo el mundo debe estar levantado a estas horas, mi tío se pone a cantar en su voz tan llena y baja.

43

Por ese rumbo del norte
Corre un viento sútil.
Las puertas se *jallan* cerradas
Y no las quieren abrir.

—Eso *jue* un verso de los que antes *cantábanos* cuando *dábanos* los días, Tomás. Era una tradición *murre* bonita—lástima que ya no se hace.

—*Asina celebrábanos* el primer día del año en aquel *antonces*. Nos *juntábanos* con un grupo de músicos y *íbanos* de casa en casa, echándoles versos a toda la gente.

"The first ones we'd sing to were all the people named Manuel or Manuela because the Lord's name was Emmanuel, no? After we'd sing our *versos,* the people inside would open their doors and give us a *trago.*

The memory of that drink reminds my uncle of another verse that he sings to the closed door with the same *gusto* he must have used in those long forgotten times.

> I seem to find myself
> in front of this house so fine.
> It seems I hear them saying,
> Let's open up that bottle of wine.

44   I know that, along with singing verses to those *botellas de vino,* my uncle enjoys tipping them back as well. I imagine he's probably spent his share of nights on this couch too.

"Who's here so early in the morning? *¿Qué demontres quiere?*"

That's my tía Luisa's sharp voice, all right. "This worthless doorknob!" she complains as she struggles with the lock. "*Oh, eres tú, hermanito,* I should have known. Don't you know what time it is? *Güeno,* what difference does it make to you? You've never cared about what anyone else thinks!"

Tía Luisa doesn't stop grumbling for a single moment while she opens the door for us. She doesn't say good morning to us either. In fact, my aunt hasn't even bothered to look at me.

With a witches' hump on her back, tía Luisa is so ugly it's scary. She has a big scar on one cheek and several long hairs hanging from her chin.

—Los primeros eran los que se llamaban Manuel o Manuela porque al Señor le *dijían* Emanuel, ve. Después de escuchar el verso, los de adentro nos abrían la puerta y nos daban un *güen farolazo*.

La memoria del trago le recuerda de otro verso que canta a la puerta cerrada con el mismo gusto con que lo cantaría en un tiempo extinguido.

Parece que voy llegando
Al frente de esta *zotea*.
Se me hace que oigo *dijir*,
Destapen esta botella.

Sé que además de recitar versos sobre las botellas, a mi tío también le gusta empinarlas. Creo que él también ha pasado una de otra noche acostado en este sofá.

—¿Quién anda aquí a estas horas? ¿Qué demontres quiere?

Es la voz chocante de mi tía Luisa, que trata torpemente de abrir la puerta. —¡Qué *chapas* de la fregada! Oh, eres tú, hermanito, bien me lo figuraba. ¿Que no te fijas en la hora? *Güeno,* ¡cuándo ibas a fijarte si nunca has tenido consideración de *naidien!*

No deja de rezongar ni un momento mientras nos da la entrada. Tampoco nos saluda, pues ni tan siquiera me mira a mí.

Más corcovada que una bruja, tía Luisa se ve espantosamente fea. Tiene una cicatriz grande en un cachete y unos pelos largos colgándo del mentón.

"Ay, what a terrible headache I have! *Güeno,* I'm getting close to the end, you know," she mutters, but I have to struggle to keep from laughing because she looks so ridiculous with those stamps she has pasted on her forehead.

Tía Zulema also used to use those blue stamps from the tobacco pouches as a remedy for her headaches, but, somehow, she wouldn't look as funny as her sister. Well, if tía Luisa's head hurts it's probably because she's so mean and hysterical.

Every time I see her she claims that she's ready to *"colgar los tenis."* But she never does "hang up her tennis shoes" I think even Death itself is afraid to tangle with my cranky old aunt.

Tía Luisa would probably do the same thing to Death that she did to me the last time she was on her "death bed."

I was mad that day because my mother made me go visit my tía. What was worse, my sister had gotten out of going because she was on a school trip.

When I walked into her bedroom it smelled like old age. It was so dark in there I couldn't even make out my aunt lying in the shadows. But she saw me all right, in spite of the cataracts that covered her pupils like the sheet that was pulled up over her bulging body.

"So you finally remembered this poor *viejita,"* she whispered. "Come over here, *hijito."*

To tell the truth, I felt a little guilty because it looked like this time she really *was* going to die. Plus, she spoke to me so sweetly that it didn't even sound like my aunt, who usually chops you into pieces with her sharp words.

—Ay, ¡qué dolorón de cabeza! *Güeno,* ya estoy por tirar la vuelta —se queja, pero yo tengo que luchar por contener la risa porque se ve tan desfigurada con las estampillas que tiene pegadas en la frente.

Tía Zulema también usaba esas estampillas azules de las bolsitas de tabaco como un remedio para la jaqueca, pero no se veía tan ridícula como su hermana. Bueno, si a tía Luisa le duele tanto la cabeza será por mala e histérica.

Cada vez que la miro reclama que *horita cuelgo los tenis.* Pero no se muere nunca. Hasta la comadre Sebastiana tendrá miedo de lidiar con mi tía tan *malacacha.*

Quien sabe si no haría con la Muerte lo mismo que hizo conmigo la última vez que ella se encontraba en su supuesto lecho de muerte.

Yo estaba enojado aquel día porque mi madre me obligó a visitar a tía Luisa. Peor que peor, mi hermana se había zafado de ir porque tenía una excursión de la escuela.

Cuando entré a la recámara tenebrosa que hedía de vejez, ni podía divisar a mi tía acostada en las sombras. Pero ella sí me vio a mí, a pesar de las cataratas que le tapaban las pupilas como la sábana el gran bulto de su cuerpo.

—Por fin te *acordates* de esta pobre viejita —susurró—. Vente pa'cá, hijito.

A decir la verdad, me sentía un poco avergonzado porque parecía que esta vez sí iba a morir. Además, me hablaba con bastante dulzura, pues ni se oía como la voz de mi tía que suele desmembrarte con sus palabras tan afiladas.

"Come a little closer, *hijito,* so I can see you," she said, honey dripping from her every word.

So, I moved up closer to her—what else could I do? But as soon as I was within arms reach, she grabbed me and started beating me with a cane she had at the side of the bed.

"You shameless little *malvao!*" she shouted, hitting me with every word. "You only come to see me when I'm lying on my death bed!"

"Take that, you disgraceful brat!" she screamed, releasing me with a final blow worse than the ones delivered by Sister Bruno, the German nun at the *Sagrado Corazón* Parochial School who breaks rulers over our *nalgas* and knuckles day in and day out.

I stand back a bit from the cash register now as tío Herculano pays his sister for a loaf of Rainbow bread, potato chips, a jar of mustard, a can of Spam, and some chocolate candy bars that will be our breakfast—if my mother only knew!

I've already climbed into the truck by the time tía Luisa finally talks to me. Standing in the doorway of her store, she nails me with her turkey eyes and says, "And you, Tommy, how disrespectful can you be? You didn't even bother to wish me a happy birthday."

Starting up *la Azul,* tío Herculano pulls back onto the road heading north and says, "That meat we bought, that Spam—the Indians sure like that stuff! You know what the Navajos call it, Tomás. *Bilagáana nik'os* is how they say it in their language—that means, "white man's neck." *¿Cómo te gusta?*

—Arrímate un poco más, hijito, para poder verte bien —dijo, miel virgen goteando de cada palabra.

Bueno, me arrimé a ella, ¿qué más iba a hacer? Pero tan pronto como estuve al alcance de su brazo, me cogió con la mano y empezó a golpearme con una muleta que tenía al lado de la cama.

—¡*Malvao!* ¡Sinvergüenza! —gritó, dándome un muletazo con cada palabra—. ¡Sólo vienes a verme cuando estoy agonizando!

—¡Toma por *desgraciao!* —enfatizó al soltarme con otro golpe más fuerte que los que da la Hermana Bruno, la monja alemana de la escuela parroquial del Sagrado Corazón que diariamente quiebra reglas sobre nuestras nalgas y nudillos.

Ahora me paro un poco retirado de la caja registradora mientras tío Herculano le paga a su hermana por el pan *Rainbow,* las patatas fritas, el jarrito de mostaza, la carne enlatada de la marca *Spam,* y los dulces de chocolate que serán nuestro desayuno—¡si supiera mi mamá!

Ya he subido a la *troca* cuando tía Luisa me dirige la palabra por primera vez. Parada en la puerta de la tienda, clava en mí sus ojos de *guajolote* y dice, —Y tú, Tommy, ¡qué falta de respeto! Ni *juites* capaz de felicitarme hoy en el día de mi cumpleaños.

Encendiendo La Azul, tío Herculano se mete otra vez al camino hacia el norte, diciendo, —Esa carnita que compramos, ese *Spam,* ¡cómo les gusta a los indios! ¿Sabes cómo los navajos le llaman, Tomás? *Bilagáana nik'os* le dicen en su lengua, que quiere *dijir, nuca del gringo.* ¿Cómo te gusta?

"I know quite a bit of Navajo. Well, you know I've got Indian blood myself. My grandma on my mother's side was a *criada*. That's what they used to call the slaves that our people stole from the Navajos back in them days, just like the *indios* used to rob our kids.

"Estefanita was my *abuela's* name. I don't know what her Indian name was, but the story is, she grew up here with the *raza*. Then she got married with a man from here in Coyote—that would be my grandfather, no?

"They say that when President Lincoln signed that paper at the end of the Civil War—*tú sabes,* the one that freed the black slaves—that some of the Navajo chiefs came over here, looking for their people. But when Estefanita saw them, she said, *I'm not going with those Indians.*"

"You had never told me about your grandmother, tío," I say, genuinely surprised, for I thought I had heard all of his stories.

"Really? Well, it's because of my Indian blood that I can understand the language of the animals, like with the cat and the mouse."

As he says that, we pass by the sign at the edge of the town, the one that says, *LEAVING COYOTE, VUELVA PRONTO.* I can see my uncle has gotten inspired again.

"You know, I also understand the language of the coyotes. You probably think they're just howling at the moon, but that's not it. What they're really doing is saying their names. *Sí,* coyotes have such long names that they can tell the whole story of their lives just by pronouncing them.

—Yo sé *muncho* de su idioma, *pos* tengo sangre de indio. Mi *agüela* por parte de mi madre era una criada, ve. Esas eran esclavas que la gente robaba a los navajos en aquel *antonces,* lo *mesmo* como los indios se robaban a nuestros hijos.

—Estefanita se llamaba mi *agüela*—no sé cómo se llamaría en indio, pero el cuento es que se crió entre la raza. Después se casó con un hombre de Coyote, que *jue* mi *agüelo,* ¿no?

—Dicen que cuando el presidente Lincoln firmó ese papel al final de la Guerra Civil—tú sabes, para libertar a los esclavos negros—que vinieron unos jefes de los navajos pa'cá, buscando a su gente. Pero cuando la Estefanita los miró, dijo, —*Yo no voy con esos indios.*

—*Usté* nunca me había dicho nada de su *agüela,* tío —le digo, realmente sorprendido, pues pensaba que ya había escuchado todas sus historias.

—No me digas. *Pos* es por mi sangre de indio que puedo entender el lenguaje de los animales, como ahora con el gato y el ratón.

Al decir eso, pasamos el aviso en la orilla del pueblo que dice, *LEAVING COYOTE, VUELVA PRONTO.* Mi tío no necesita más inspiración.

—Sabes que también entiendo el idioma de los coyotes. Tú pensarás que aullan por ser enloquecidos por la luna, pero no es cierto. Lo que pasa es que están pronunciando sus nombres. Sí, los coyotes tienen unos nombres muy largos que usan para contar sus propias historias.

"There's some of them that are all stuck-up, like *Señor Blue Blood of the First Coyote Settlers.* Then there are others with very sad names. One night I heard *Mama Coyota of the Three Legs Since the Fourth One Ended up in the Trap of the Terrible Ranchero.*

"But most of the coyotes have names as vain and mischievous as they themselves are. What do you think of *I Am Who I Am and I Don't Look Like Anyone Else?* And don't forget old *Catch Me If You Can But You Can't Because I'm Uncatchable.*

"But do you know what *you* can do, hijo? *Güeno,* it's something you *ought* to do."

"What's that, tío?"

"Well, you shouldn't let my sister call you by another name. What's this stupid *Tommy,* anyway? If you don't watch out, you'll end up like the coyotes. You'll have to be howling your name just to remember what it is."

I want to tell him that I didn't correct tía Luisa because she never lets me get a word in edgewise, but tío Herculano does the same thing.

"Oh well," he continues, "he don't remember his birthday anyway."

"*He?*"

"What's that?"

"You said *he,* tío."

"*He* what?"

I'm sure I heard him right. "You said that *he* did-n't know *his* birthday."

"What are you talking about, Tomás? Did you clean out your ears this morning?"

—Hay unos que se creen *muncho* como *don Sangre Azul de los Primeros Pobladores Coyotes*. *Loo* hay otros pobres con unos nombres muy tristes. Una noche oí cantar a *la Madre Coyota de las Tres Patas ya que la Cuarta se Quedó en la Trampa del Asqueroso Ranchero.*

—Pero la mayoría de los coyotes tienen nombres tan traviesos y presumidos como lo son ellos. ¿Qué te parece el *Soy Quien Soy y no me Parezco a Nadie?* Y no hay que olvidar al *Péscame si me Puedes Pescar Pero es Puro Pedo que Puedes.*

—Pero ¿sabes una cosa que *tú* puedes hacer, hijo? *Güeno,* es algo que *debes* de hacer.

—¿Qué, tío?

—*Pos,* no debes dejar que mi hermana te llame **53** por otro nombre. ¿Qué es esta mugre de "Tommy"? Si no te cuidas, terminarás por ser como los coyotes. Tendrás que aullar tu nombre sólo para acordarlo.

Quiero decirle que no corregí a tía Luisa porque ella nunca me deja hablar, pero tío Herculano tampoco me permite meter una palabra.

—De todas maneras —sigue mi tío—, ni se acuerda él del día de su cumpleaños.

—¿"El"?

—¿Qué dices?

—*Usté* dijo que "él", tío.

—El, ¿qué?

Estoy cierto que escuché bien. —*Usté* dijo que *él* no sabía el día de su cumpleaños.

—Pero ¿cómo puede ser eso, Tomás? ¿Te *limpiates* los oídos esta mañana?

At times, I think my uncle tells me things just to confuse me. But one thing I was already sure of—I *knew* it wasn't my tía Luisa's birthday.

A veces se me hace que mi tío me dice cosas sólo para confundirme. Pero una cosa sí—yo *sabía* que no era el cumpleaños de tía Luisa.

THE TALKING TREES

"*¿Sabes qué,* Tomás?" tío Herculano says as he spits a mouthful of chewing tobacco through the open window—that's another reason why *la Azul* is not very blue anymore. "I also understand the language of the trees.

"All the trees in my orchard talk to me, but the peach trees are the most talkative. They can't handle thirst as well as the apricots, I guess, because as soon as I let them get a little dry, they're crying for water right away.

"But if I irrigate them regularly, those peaches are pretty funny trees. They're the ones that taught me that tongue-twister about peaches. Haven't I told it to you?"

This is a peachy peach.
When you've pitted the peachiest peach,
You'll be the peachiest peach pitter.

Since I realize that the first thing my uncle will want to do is make me repeat that impossible verse, I ask him a question to throw him off the track.

"And how does a peach tree sound when it talks, tío?"

"Well, they talk more or less like you, *hijo,*" responds tío Herculano, "only a little peachier."

LOS ARBOLES QUE HABLAN

—¿Sabes qué, Tomás? —me dice tío Herculano, escupiendo una bocanada de tabaco de mascar por la ventana abierta, pues también por eso ya no está tan azul La Azul. También entiendo el lenguaje de los árboles.

—Todos los árboles de mi arboleda me hablan, pero los duraznos son los más platicones. No aguantan *sé* como los albaricoques quizás, *pos* nomás los dejo secar un poco y de una vez están llorando por agua.

—Pero si los riego seguido, son muy chistosos los duraznos. Ellos son los que me enseñaron ese trabalenguas de los duraznos. ¿No te lo he *platicao?*

Un durazno bien aduraznado.
Cuando lo desaduraznares,
Serás un buen desaduraznador.

Sabiendo que lo primero que se le va a ocurrir a mi tío es hacerme repetir ese verso imposible, le propongo una pregunta para extraviarlo un poco.

—Y ¿cómo suena la voz de un árbol de durazno, tío?

—*Pos,* hablan más o menos como tú —responde tío Herculano—, pero más "aduraznado."

He lets loose another of his uncontrollable belly laughs. Then my uncle suddenly turns pensive, this thin old man who is still powerful in spite of his age, dressed, like always, in his Levi overalls, steel-toed work shoes, and an ancient hat stained with oil and sweat.

Absorbed in thought, tío Herculano continues driving in silence while I fix my gaze on the sun that has finally broken free of the mountains. The sky is absolutely clear, a perfect day for planting.

I realize it's no coincidence that we've picked such a good day to plant. I'm sure my uncle must have consulted his almanac, seeing as how he uses it for everything, from deciding the best time to harvest the potatoes to choosing the correct day for dehorning the cattle.

Broken like an egg on the mountainous horizon, the sun spills its luminous yolk out over the countryside, setting it ablaze.

There is only sagebrush and snakeweed on this huge, desiccated *llano*. But tío Herculano says that, when he was young, the grasses grew as tall as he was.

In the old days, it used to really rain, he says every time he tells me that story. If we happen to be passing through here during the winter, it's always that *in the old days, it used to really snow.* And, during the summer, my uncle never fails to mention that, *in the old days, it used to really get hot.*

I've come to realize that everything about "the old days" was bigger and better.

And more unbelievable as well. It seems my uncle has continued thinking about his "magic orchard" because he begins talking about it again as though we hadn't spent the last ten minutes in silence.

Otra vez la risa irrefrenable. Luego de repente se pone pensativo mi tío, este anciano enflaquecido por la edad pero todavía robusto, vestido, como siempre, con pantalón de pechera Levi, unos zapatos de trabajo con punta de acero, y un viejo sombrero manchado de aceite y sudor.

Mientras que tío Herculano, ensimismado, sigue conduciendo en silencio, yo fijo la mirada en el sol, que por fin ha salido por detrás de la sierra. El cielo está totalmente despejado, un día perfecto para sembrar. Sé que no es una coincidencia que tengamos tan buen día para la siembra. No cabe duda que mi tío consultó su almanaque, pues para todo lo usa, sea para escoger el mejor día para cosechar las papas o el tiempo más auspicioso para descornar las vacas.

Ya quebrado como un huevo en el horizonte montañoso, el sol derrama su yema luminosa por todo el paisaje, haciéndolo arder.

En este llano grande y seco, solamente hay *chamisos* y *escoba de la víbora*. Pero tío Herculano dice que cuando era mediano, el zacate crecía tan alto como él.

Más antes sí llovía, me dice cada vez que me cuenta la historia. Si nos toca pasar por este llano en el invierno, es que *más antes sí nevaba.* Y claro que durante el verano, mi tío nunca deja de comentar, *más antes sí hacía calor.*

Lo de "más antes"—ya lo entiendo yo—siempre era más grande e importante.

Y más increíble también. Seguro que mi tío aún se halla reflexionando sobre su "arboleda mágica" porque sigue hablando de ella como si no hubiéramos pasado los últimos diez minutos callados.

"In the old days, my apple trees used to sing to me too. But now they've grown too big. They produce such sweet apples that they've forgotten how to sing.

"In order to sing, you need a little bit of bitterness, *hijo*. That's why I'm such a great singer, with all the disappointments I've had to suffer in this life. Songs are born out of pain, *¿entiendes?*"

And without another word, tío Herculano "gives birth" to a song, not one about his sweet apples, but a *canción* about more bitter fruit:

> The lemon and the orange
> ripen in the crate.
> Eyes that love each other
> flirt from far away.

"That's a verse I used to sing back in the old days, Tomás. We had a dance back then called the *chiquiao*. Before you could dance, you had to sing a *verso* to the girl.

"If she liked your *versito,* then you took off dancing. But if she didn't care for it, she'd turn you down with a *verso* of her own that was usually pretty insulting. Not that anyone ever rejected me, of course."

The aging bachelor says that as if it were inconceiveable that any woman could resist his "charms." And, as if wanting to provide me with proof of his point, he sings another *verso chiquiao:*

> I'd like to carry your image in my palm
> as if it were painted in a book,
> so that when you are not around
> I could just open my hand and look.

—Más antes mis manzanos también me cantaban. Pero ahora han crecido muy grandes. Producen una fruta tan dulce que ya han *dejao* de cantar.

—Para cantar se necesita un cierto tanto de amargura, hijo. Por eso canto tan bonito yo, tantas desilusiones que he tenido que sufrir en esta vida. Del dolor nace la canción, ¿entiendes?

Y sin más ni más, tío Herculano da luz a una canción, no una de sus manzanas dulces sino de frutas más amargas:

> El limón y la naranja
> en la caja se maduran.
> Los ojitos que se quieren
> desde lejos se saludan.

—Ese es un verso que yo cantaba en los bailes de antes, Tomás. Había una pieza que se llamaba el *chiquiao.* Para bailarlo, tenías que echarle un verso a la mujer.

—Si le cuadraba el verso, *¡a tirar chancla!* Pero si no, ella te rechazaba con un verso suyo que *munchas* veces era poco feo. Pero a mí nunca me dieron un *desaigre, pos* ¿cómo?

Eso dice el viejo solterón como si fuera inconcebible que una mujer no rindiera a sus "encantos." Y, como para comprobarlo, echa otro verso *chiquiao:*

> En la palma de mi mano
> te quisiera retratar
> Para cuando estés ausente
> abrir la mano y mirar.

"*¿Cómo te parece, hijo?* That's a pretty *verso*, no? Now you see why all the women were running after me. Of course, if I'd gotten hitched with one of those *chulitas*, I might've had me a nice grandson like you. One who would help me out on the *rancho*."

I consider reminding him that I'm sitting right here beside him in the truck on our way to the ranch where I'll be helping him plant, even if I'm not his actual grandson.

But, in the end, he doesn't really need much help, I continue reflecting as tío Herculano skillfully downshifts to first gear to climb á hill.

He takes care of the garden we're going to be planting, an alfalfa pasture and, naturally, the orchard with the talking trees. He also raises some twenty cows, five horses, several goats and chickens, and the pig that jumps like a grasshopper.

Every spring, my uncle gets on his horse to drive the cattle up to the mountain pasture, and, in the fall, he still brands and castrates the calves.

After herding all the cattle into the rotting corral originally built by his own father—the great-grandfather I never knew—tío Herculano starts lassoing the calves in order to brand them with the red-hot iron. You ought to see how well he ties up those animals using just one hand and his teeth!

That is, his few remaining teeth. Ever since I can remember, my uncle has had a toothless smile. Because he's missing so many teeth and is so wrinkled from spending his entire life under the New Mexican sun, tío Herculano looks older and more *acabado* than he actually is.

—¿Cómo te parece, hijo? Muy bonito versito, ¿verdá? Ya ves por qué todas me querían. *Güeno,* pero si me habría *casao* con una de esas chulitas, tal vez hubiera tenido un *güen* nieto como tú. Uno que me ayudaría en el rancho.

Pienso recordarle que aquí me encuentro sentado a su lado en la camioneta, yendo al rancho donde, sin ser su propio nieto, le ayudaré a sembrar.

Pero al fin y al cabo, él no necesita tanta ayuda, sigo pensando mientras que tío Herculano hábilmente cambia a primera velocidad para subir una cuesta.

Mantiene el jardín que estamos por sembrar, un pasto de alfalfa y, desde luego, la arboleda de los árboles que hablan. Además cría unas veinte vacas, cinco caballos, varias cabras y gallinas y el marrano que brinca como un *chapulín.*

Mi tío todavía sube a caballo cada primavera para llevar las vacas a la sierra, y en el otoño sigue herrando y capando los becerros.

Después de juntarlos en el corral medio derrumbado que hizo su padre—mi bisabuelo desconocido—tío Herculano se pone a lazarlos para ponerles el hierro caliente. ¡Si vieras con qué destreza amarra esos animales usando una sola mano y los dientes!

Bueno, los dientes que le quedan. Desde que lo conozco yo, mi tío siempre ha tenido una sonrisa agujerada. Por ser molacho y bien arrugado después de pasar toda la vida bajo el sol nuevomexicano, tío Herculano se ve más viejo y acabado de lo que es.

But his teeth didn't fall out because of old age. According to my uncle, he lost them when he was a young man harvesting potatoes in Colorado. He used to pick up those hundred-pound sacks with his teeth, and that's why all the front ones ended up falling out.

But, as you might expect, tío Herculano claims he's better off without them, even if he has to eat with his "bare gums." *My gums are just as hard as my noggin!*—he exclaims.

I have no idea how hard my uncle's head is, but I do know just how strong he is. He can still pick up the anvil in his dark workshop where he keeps all the tools he uses with just one hand.

Naturally, tío Herculano is always complaining about how he's only "half a man" these days, because when he was younger he could even toss that incredibly heavy anvil in the air.

One of my uncle's favorite stories is the one about the contest he had with the forest ranger during the *Fiesta de San Juan* in Coyote.

Every year they started the fiesta the same way, by setting off a charge of gunpowder between two anvils. I can only imagine the deafening explosion that it caused when it went off!

Then they held footraces which, at least in my uncle's memory, always ended up being won either by him or by one of his sisters, who were as fast as jackrabbits. I can imagine tía Zulema winning a hundred-yard dash, but not my hunchbacked tía Luisa.

The fiesta wouldn't have been complete without the "rooster pull." Tío Herculano says they used to bury a rooster up to its neck in the sand. Then men on horse-

Pero no quedó sin dientes a causa de la vejez. Según él, los perdió de joven cuando piscaba papas en Colorado. Como levantaba los sacos de cien libras con los dientes, se le cayeron todos los de adelante.

Pero, como era de esperar, tío Herculano reclama que está muy bien sin ellos, aunque tiene que usar "la pura encía" para comer. —¡*Fíjate que la tengo tan dura como la mollera!* —exclama.

No sé cuán dura será su cabeza, pero sí sé lo fuerte que es mi tío. Todavía puede levantar el yunque que está en su taller oscuro donde guarda todas las herramientas que pone en servicio con una sola mano.

Por supuesto, tío Herculano siempre se queja de que él ya no "sirve" porque antes hasta podía *tirar* el pesadísimo yunque.

Uno de los cuentos que más le cuadra a mi tío contar es el de la contienda que tuvo con el agente de la Floresta Nacional durante la Fiesta de San Juan en Coyote.

Cada año empezaban la fiesta de la misma manera, poniendo pólvora entre dos yunques. ¡Qué ensordecedor sería el estallido cuando encendían la pólvora!

Luego había carreras que, según mi tío, siempre salía ganando él o las "liebres" que eran sus hermanas. A tía Zulema me la puedo imaginar ganando la carrera de cien yardas, pero a la jorobada de mi tía Luisa no.

No hubiera sido fiesta sin la corrida de gallo. Según mi tío, hombres montados a caballo competían para recoger a todo galope a un gallo enterrado hasta el

back would compete to pull it out at a full gallop. Some of them would fall off their horses, but no one got hurt very badly because, my uncle says, most of the men would be pretty drunk.

That year, after the anvils had cooled off, tío Herculano challenged the forest ranger to pick one of those anvils up with just one hand. The stocky gringo struggled so hard to lift that anvil that his face turned as red as the watermelon the kids were eating.

But, for all his grunting and cursing, he couldn't budge the anvil. He turned even a deeper red when tío Herculano not only lifted the anvil but actually tossed it a few feet in front of him.

Later that evening, my uncle must have danced with all the beautiful girls who fell victim to his verses. The verses that were sweeter, even, than his talking peaches.

pescuezo en la arena. Algunos se caían de sus caballos pero no se lastimaban mucho, dice, porque la mayor parte de ellos andaban bastante embolados.

Aquel año, cuando los yunques ya se habían enfriado, tío Herculano desafió al agente de la Floresta a que levantara uno de ellos con una sola mano. El gringo anchote luchó tanto por levantar ese yunque que se le puso la cara más colorada que la sandía que comían los niños.

Pero por más que gruñera y renegara, no pudo mover el yunque ni una sola pulgada. Hasta más colorado se pondría cuando tío Herculano no solamente lo levantó sino que lo tiró varios pies delante de él.

Por la noche, mi tío bailaría con todas las guapas que no habrían podido resistir sus versos. Los versos que serían aún más dulces que sus duraznos platicones.

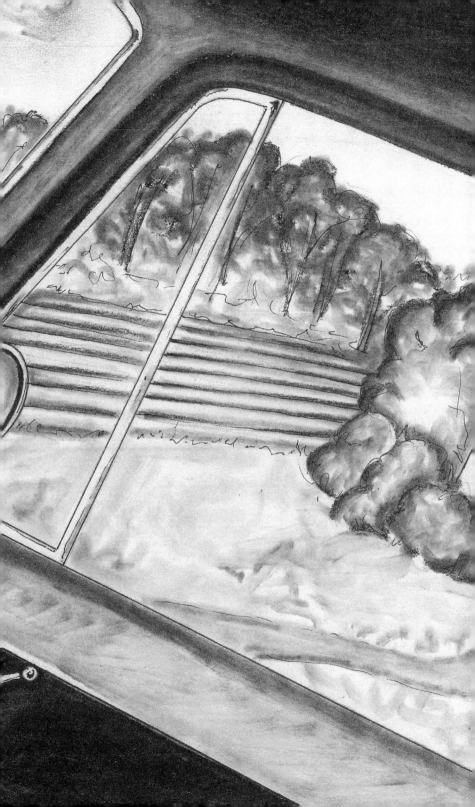

LETTING GO OF THE REINS

"*Güeno,* but here you are, Tomás, my right-hand man, no?" tío Herculano says, momentarily removing his hand from the steering wheel to give me a hearty slap on the shoulder. *La Azul* swerves to the right, hitting a hole at the side of the road and sending us bouncing off our seats.

"Son of a baby!" declares my uncle, but he immediately lets go of the steering wheel again in order to straighten out his hat, which got flattened when it smashed into the roof of the cab. Once again, we go swerving onto the right shoulder, spooking a jackrabbit hidden in the wild alfalfa and raising a cloud of red dust.

"That front tire's no good no more. It's got as much mileage on it as the driver. Before long, they're going to throw us both in the *basura*. That's how they do nowadays, no? Soon as you get old, they dump you in an old folk's home—*tú sabes,* just so we won't get in the way of the kids."

I'm sure my uncle must be thinking about his older brother, my grandfather, who *has* ended up in one of those sad places. It wasn't that the family "dumped" him there, though. There really wasn't anything else we could do after he had that stroke that left him more dead than alive.

AL SOLTAR LA RIENDA

—*Güeno,* pero aquí estás, Tomás—mi brazo derecho —dice tío Herculano, quitando su mano del volante un momento para darme una fuerte palmada en el hombro. La Azul se desvía a la derecha, pegándole a un pozo al lado del camino y dando un salto que nos avienta para arriba.

—*¡Son of a baby!* —declara mi tío, pero pronto vuelve a soltar el volante para enderezarse el sombrero que le ha quedado un poco aplastado por haber chocado con el techo de la cabina. Otra vez nos desviamos al lado derecho del camino, espantando una liebre escondida en el alfalfón y levantando una nube de polvo colorado.

—Esa llanta de adelante ya no sirve, *pos* tendrá tanto millaje como el *arreador.* Ahorita nos echan a la basura a los dos. *Asina* hacen hoy en día, ¿no? Uno se hace viejo y de una vez lo *jondean* en un asilo de ancianos—tú sabes, para que no vaya a estorbar a los jóvenes.

Mi tío estará pensando en su hermano mayor, mi abuelito, que sí se encuentra en uno de esos lugares tan tristes. No fue que la familia lo *"jondeó"* allí, pues no había más remedio después de que tuviera esa apoplejía que lo dejó más muerto que vivo.

71

"But you wouldn't do that, would you, *hijito?* You're the kind of boy who respects his elders," my uncle says, flattering me the way he often does. It's a habit of his that both pleases me and bothers me, at least when he does it in front of our relatives.

"You speak Spanish too, not like those other *tontos* who don't even know their own language."

I know tío Herculano is talking about my cousins. There's so many of us in the family now that we don't even fit in one house anymore. And it's true what my uncle says—out of all the kids my age, I'm the only one in the family that understands Spanish.

But I probably wouldn't have learned it either if my father hadn't died when I was only three years old. I don't remember very much about my dad. All I know is he had a mustache and very big hands. I also remember he always used to smell like cinnamon, like the *dulces* my tía Zulema used to give me.

After my father died, my mother started working at the hospital where she still works today. My sister was already in school by then, but not me. So they used to leave me with my grandfather during the day.

He took me along with him everywhere he went, whether it was to the ranch or to *la casa del Moro* where he'd spend the whole afternoon talking with his *compadres* about the weather and their animals as if they were members of their own families.

My grandfather taught me how to play cards—his favorite game was *el cunquián*. And he showed me how to fish in the stream using worms and grasshoppers, or just using our hands. My *abuelito* didn't speak any English, of course, so I had to learn Spanish.

—Pero tú no harías eso, ¿no, hijito? A ti sí te importan tus mayores —dice mi tío, adulándome como suele hacer. Es una costumbre suya que me da gusto y pena a la vez, al menos cuando lo hace delante de los parientes.

—También hablas español, no como esos otros tontos que ni saben su propio idioma.

Sé que tío Herculano está hablando de mis primos. Somos tantos que ni cabemos en una casa ya. Y es cierto lo que dice: entre todos los jóvenes de mi edad, sólo yo entiendo el español.

Bueno, creo que tampoco yo lo hubiera aprendido si mi papá no habría muerto cuando yo apenas tenía tres años. Tengo muy pocas memorias de mi tata. Sólo sé que tenía el bigote y las manos muy grandes. También recuerdo que siempre olía a canela, como los dulces que me daba mi tía Zulema.

Después de la muerte de mi padre, mi madre entró a trabajar en el hospital donde sigue trabajando ahora. Mi hermana ya iba a la escuela en aquel entonces, pero yo no. Así que me dejaban con mi abuelito durante el día.

Por dondequiera que fuera me llevaba con él, ya fuera para el rancho o para la Casa del Moro donde pasaba la tarde platicando con sus compadres del tiempo y de sus animales como si fueran sus mismos parientes.

Mi abuelito me enseñó a jugar a la baraja—el *cunquián* fue su juego favorito—y a pescar en el *rito* con *lumbrices y chapulines,* y hasta con la mano. Y, claro, como mi abuelito no hablaba inglés, tuve que aprender el español.

Tío Herculano does know English because he worked for a number of years as a carpenter in Los Alamos, building houses for the scientists that created the atomic bomb.

But I know my uncle doesn't like to speak English, especially when we're here in his *"país"*—well, in *our* country.

"Poor kids these days, all trapped in their cities. They don't even know what the world is really like."

As he says that, my uncle takes his hand off the wheel again to gesture at the country we're driving through. I think about grabbing the steering wheel, but I don't because I know my uncle would get mad. At any rate, it's not necessary because this time, *la Azul* stays on the road as if it were running on tracks.

So I look in the direction my uncle is pointing and realize that he's right. There's no prettier place in all the world than these red mesas in the Jémez Mountains. Even the sky seems to have a different color here, as though God had painted it with the same brush he used to color the sea.

Now we're turning off the highway to climb the dirt road that leads to the *rancho*. Thanks to my uncle, I know the name of every little place we pass by on this narrow trail full of rocks and holes—*el Pinabetal, el Rito de las Sillas, los Chihuahuenses, el Ojo del Marrano.*

There's a story behind each and every name, like this meadow we just went through. *"Las Calaveras,"* it's called—"The Place of the Skulls." According to my uncle, a hunter passing through here once found the skulls of two deer who had apparently been butting

Tío Herculano sí sabe mucho inglés porque pasó varios años trabajando como un carpintero en Los Alamos, haciendo casas para los científicos que crearon la bomba atómica.

Pero sé que no le gusta usarlo, especialmente cuando andamos aquí en su "país"—bueno, en *nuestro* país.

—Pobrecitos los muchachos de hoy en día, todos *encerraos* en sus *suidades*. Ni saben lo que es el mundo.

Al decir eso, mi tío quita la mano del volante una vez más para indicar el campo por el cual estamos pasando. Pienso asirme del volante, pero no lo hago porque sé que se enojaría mi tío. Al fin y al cabo no es necesario ya que esta vez La Azul sigue el camino como si corriera sobre rieles.

De modo que sigo con la vista el ademán de mi tío, dándome cuenta de que sí tiene razón. No habrá lugar más bonito en todo el mundo que estas mesas rojas de la Sierra de Jémez. Hasta el cielo tiene otro color aquí, como si Dios lo hubiera pintado con el mismo pincel que usó para colorar el mar.

Ahora nos apartamos de la carretera para subir el camino de tierra que nos conducirá al rancho. Gracias a mi tío, sé el nombre de cada lugar que pasamos en esta vereda estrecha llena de pozos y piedras—el Pinabetal, el *Rito* de las Sillas, los Chihuahuenses, el Ojo del Marrano.

Cada nombre tiene su historia, como la cañada por la cual acabamos de pasar—"las Calaveras" se llama. Según mi tío, más antes un hombre que andaba cazando por estos rumbos halló las calaveras de dos

heads and had died with their horns intertwined.

The story I really would like to hear is the one behind *el Rancho de la Bruja.* There it is now, the old ranch with its abandoned shack and the barn that's been falling down for years, leaning like the Tower of Pisa.

There's something strange about this deserted place, something as mysterious as the early morning fog that's enveloping it now. I realize it could just be my imagination running away with me because of the name, but, still, I'd like to know.

The only problem is, tío Herculano has never explained why this place is called "The Ranch of the Witch." It can't be that he doesn't know the story. My uncle knows every story there is and, if not, he just makes them up.

Is it because it has to do with a *bruja?* But tío Herculano has never been afraid to tell me witch stories, and some of them are pretty awful too. I don't think I'll ever eat another tortilla after this morning's story!

Just when I'm getting ready to beg him again to tell me about the *"bruja"* who lived in the ranch that's already growing small in the rearview mirror, tío Herculano starts telling me another story that I *have* heard several times.

It's the story of the Indians and his grandfather. My uncle always tells me this story when we round the corner on this cliff and see *el Cerro Pelado,* the extinct volcano that reigns over the landscape like a melancholy king.

"Way back in the old days—even before my

venados que aparentemente se habían peleado a cabezadas. Juntos se habían muerto con los cuernos enredados.

La historia que de veras quisiera saber es la del Rancho de la Bruja. Ahora se ve el rancho viejo con el jacal abandonado y el granero que por años ha estado por derrumbarse, inclinándose más que la Torre de Pisa.

Hay algo misterioso que rodea todo el lugar desierto, como la niebla de la madrugada que ahora lo envuelve. Puede ser mi propia imaginación provocada por el nombre, ya lo sé, pero siempre quisiera desengañarme.

El problema es que tío Herculano nunca ha querido explicarme por qué este rancho terminó por llamarse así. No creo que no sepa la historia, pues todo lo sabe, o si no, lo inventa.

¿Será porque se trata de una bruja? Pero tío Herculano nunca ha tenido miedo de platicarme brujerías, y unas muy feas también. ¡Creo que jamás podré comer una tortilla después de la historia de esta mañana!

Justo cuando le voy a pedirle otra vez que me hable de la "bruja" del rancho que ahora se achica en el retrovisor, tío Herculano empieza a platicar otra historia que sí he escuchado varias veces.

Es la historia de los indios y su abuelo. Mi tío siempre me la cuenta cuando damos la vuelta por esta ladera para ver el Cerro Pelado, el extinguido volcán que domina el paisaje como un rey melancólico.

—*Muncho* más antes—sería antes de mis tiempos—había indios salvajes en estas partes, Tomás. Del

times—there were wild Indians in these parts, Tomás. They'd come from the north and the east to rob our livestock.

"They'd even steal our kids to make them slaves, like I was telling you earlier. So the people had to be *very* careful, especially during the time of the harvest.

"Once a band of Comanches showed up. There were so many Indians that everybody in the town had to flee. They all left their homes and climbed up this peak here, this *Cerro Pelado.* Since the only way up was a narrow, steep path, the people could defend themselves from on top.

"But the Comanches were pretty *inteligentes.* They didn't try to scale the peak, but they didn't leave either. They just stayed down below, waiting for the people to starve to death.

"Well, the people up on top didn't have no time to bring along provisions, so pretty soon they did run out of food and water. After suffering for a few days, the men made a hard decision. That night they would climb down the mountain to attack the Indians.

"*Better to go down dying than to slowly die of thirst in the sun*—they said, and perhaps some of the women and children could escape under the cover of night. But that same day, which would be their last one on the mountain—and on the earth as well, my grandpa made a discovery that saved his people.

"Don Juan Emiliano Manzanares was my *abuelo's* name, and he was a very intelligent man. He found a secret tunnel that went right through the center of the mountain and came out down there by the river.

norte y del este venían a robarnos el *ganao.*

—Hasta a los niños se llevaban para hacerlos esclavos, como te andaba diciendo. De modo que la gente tenía que tener *muncho cuidao,* especialmente durante el tiempo de la cosecha.

—Una vez llegó una banda de comanches. Eran tantos los indios que todo el pueblo tuvo que salir huyendo. Todos dejaron sus casas y subieron este cerro, el Cerro *Pelao.* Como solamente se podía subir por una vereda muy estrecha y parada, la gente podía defenderse muy bien desde arriba.

—Pero los comanches eran muy inteligentes, *pos* no hicieron *juerza* de subir el cerro, pero tampoco se *jueron.* Se quedaron aí abajo, esperando a que la gente se rindiera de hambre.

—Como los de arriba no habían tenido tiempo para subir provisiones, pronto se les acabó la comida y l'agua. Después de sufrir varios días, los hombres tomaron una decisión muy dura. Por la noche bajarían para atacar a los indios.

—*Mejor morir peleando que torciéndose en el sol aí arriba,* y, tal vez, las mujeres y los niños podrían escaparse *cobijaos* de la noche. Pero ese *mesmo* día que sería su último en el cerro y seguramente en este mundo también, mi *agüelo* hizo un descubrimiento que salvó a su pueblo.

—Don Juan Emiliano Manzanarares se llamaba mi *agüelo,* un hombre muy astuto. El descubrió un túnel secreto que pasaba por el mero medio del cerro, saliendo *aí* abajo en el río.

"The men used that tunnel to bring up water and supplies—and all of it right under the noses of the Indians! Well, the Comanches finally got tired of waiting and they left.

"And that's how our people survived, Tomás. If it hadn't been for the intelligence of your great-great-grandfather, you wouldn't even be here today—*imaginatelo!*"

I don't even bother asking tío Herculano if that tunnel still exists because he's told me several times that it does. But he's never shown me the entrance even though we've ridden on horseback all over this mountain.

The first one to put me on the back of a horse was my grandfather. Horses were his whole life. In fact, I think he would have preferred to have been born with a mane and four hooves so he could gallop around whenever he wanted to.

My *abuelito* used to carry me on his horse when he'd go searching for his cattle in the mountains. I could barely walk at the time, but that didn't stop me from riding with him on that horse all up and down the ranch my great-great-grandfather first settled a century ago.

The same Juan Emiliano who supposedly saved our people from the Indians used a team of oxen to open the first road into these mountains, the same road we are travelling on now.

My grandfather never told me about the Comanches, but he did say that his *abuelo* was a man as strong as a bull. He cleared the entire pasture with his ax, using the trees he cut to build a fence around the ranch.

—Por ese túnel los hombres pudieron subir agua y provisiones—y ¡todo bajo las narices de los indios! *Pos,* al fin se aburrieron los comanches y se *jueron.*

—Y así *jue* que sobrevivió nuestra gente, Tomás. Fíjate que tú ni estuvieras aquí si no hubiera sido por la inteligencia de tu *tataragüelo*—¡imagínatelo!

Ni me molesto en preguntarle a tío Herculano si ese túnel todavía existe porque muchas veces me ha dicho que sí. Pero nunca me ha querido enseñar dónde queda la entrada por más que nos paseemos a caballo por este cerro.

El primero que me montó en un caballo fue mi abuelito. Los caballos eran su mera vida, pues creo que hubiera preferido nacer con *clin* y cuatro patas para echar a galopar cuando le diera la gana.

Mi abuelito me llevaba a ancas cuando buscaba las vacas en el monte. Apenas podía andar yo en aquel entonces, pero allí íbamos siempre, montados a caballo, atravesando el rancho donde se estableció mi tatarabuelo hace un siglo.

El mismo difunto Juan Emiliano que supuestamente libró a nuestra gente de los indios usó un tiro de bueyes para abrir el primer camino en esta sierra, el mismo camino en que nos encontramos ahora.

Mi abuelito nunca me platicó nada de los comanches, pero sí me dijo que su abuelo fue un hombre más fuerte que un toro. Usó la pura hacha para limpiar toda la pradera, utilizando los mismos palos que cortó para hacer un cerco alrededor del rancho.

That fence of aspen and pine poles no longer exists. Nor does the corral that was built by don Juan Emiliano's son—or my grandfather's and uncle's father.

Ramón, who would have been my great-grandfather, died in a terrible accident. He fell from an untamed horse and got tied up in the reins. The poor man died when the horse ran off, dragging him along on the ground.

Afterwards, my *abuelito* and my uncle ended up with the ranch. The two brothers spent many years working the land together. They would probably still be doing so today if it hadn't been for the attack my grandfather suffered three years ago—not an attack by Indians but the stroke that left him totally paralyzed.

Even though it's hard for me to admit it, I think it would have been better if he had died right away. My *abuelito,* who loved so much being out in the open air, is now locked inside a nursing home, far from his family and his beloved *rancho.*

Actually, it's only his body that's in that bed because his soul has already taken off for the mountains, mounted on the back of one of the horses in his memory.

"We're almost there, Tomás. But, where in the devil did I put those keys?" says my uncle who lets go of the steering wheel again to rummage through the glove compartment in front of me.

"No, tío!" I scream. "I'll look for them!"

"Don't worry, *hijo,*" he says with a hearty laugh. "Believe it or not, I can still feel the fingers on the hand I lost. Whenever I've got to let go of the 'reins,' I keep on driving with my missing fingers!"

Ya no existe ese cerco de palos de álamo y pino, ni tan siquiera los corrales que construyó el hijo de don Juan Emiliano, o sea el padre de mi abuelito y mi tío.

El difunto Ramón, que sería mi bisabuelo, falleció en un accidente muy horrible. Se cayó de un caballo bronco y quedó enredado en las riendas. El pobre murió cuando el caballo huyó arrastrándolo.

Después, mi abuelito y mi tío se quedaron con el rancho. Los dos hermanos pasaron muchos años cultivándolo juntos. Allí estuvieran todavía si no habría sido por el ataque que sufrió mi abuelito hace tres años—no un ataque de indios sino un ataque fulminante que lo dejó totalmente paralizado.

Aunque me cuesta mucho admitirlo, creo que hubiera sido mejor si él habría muerto de una vez. Mi abuelito, a quien tanto le gustaba estar al aire libre, ahora se halla encerrado en ese asilo de ancianos, lejos de su familia y lejos de su querido rancho.

Bueno, solamente su cuerpo está en esa cama, pues su alma ya se habrá huido a la sierra montado en un caballo de su memoria.

—Ya mero llegamos, Tomás. Pero ¿ónde diablos están las llaves? —dice mi tío, que vuelve a soltar el volante para escular la guantera delante de mí.

—¡No, tío! —le grito—. ¡Yo las buscaré!

—No tengas miedo, hijo —dice con grandes carcajadas—. Aunque parezca mentira, yo todavía puedo sentir los dedos del brazo que perdí. Cuando se me ofrece soltar la *rienda, pos* sigo *arreando* con ellos!

THE TATTLETALE TROUT

"I'll get down to open it, tío," I tell tío Herculano when he stops in front of the gate.

That turns out to be easier said than done. My door is frozen shut as if it were locked, probably because the handle is all rusted out. So I have to open my window and jump through it, a stunt that gives tío Herculano a real kick.

"You're as slippery as a trout, *hijo*," he observes. *And just as weak,* he adds without really saying the words when he opens my door without any trouble at all.

"*Está bien,* tío—I'll walk down to the cabin," I tell him, removing the padlock to open the barbed wire gate. Since there are cattle inside, I have to close the gate behind me.

I can hear them bawling down in the meadow, informing us that they know we've arrived but we should wait a bit because the grass is so succulent, so don't worry, they'll be up in little awhile. But I know they won't be so nonchalant when tío Herculano calls them. "*VACA, VACA,*" he'll yell, and they'll come running up like a pack of dogs.

As I hook the gate so it stays standing in place, I draw in a breath of the fresh air that fills my lungs like a good dinner fills the stomach. The air down in the valley where we live is so heavy, weighed down with dust

LA TRUCHA SOPLONA

—Yo me apeo a abrir, tío —le digo a tío Herculano cuando se para delante de la puerta del cerco.

Resulta más fácil decirlo que hacerlo. Mi puerta ha quedado como atrancada, quizás por el *mojo* que ha de haber en el cerradero, de modo que tengo que abrir la ventana y brincar por ella. Es una maroma que le cae muy en gracia a tío Herculano.

—Eres tan liviano como una trucha, hijo —observa—. *Y igual de débil* —añade sin decirlo al abrir mi puerta sin ninguna dificultad.

—Está bien, tío. Voy a pie a la cabaña —le digo, quitando el candado para abrir la puerta de alambre de *pulla*. Como hay vacas adentro, tengo que cerrar detrás de nosotros.

Ya las oigo bramando allí abajo en la vega, avisándonos que ya están enteradas de nuestra llegada, que nos esperemos un poco, que el zacate está retesabroso, que allí van al rato. Bueno, pese a su indiferencia, sé que cuando tío Herculano las llame—¡VACA! ¡VACA!—vendrán corriendo como tantos perritos.

Mientras engancho la puerta para que se quede parada, me pongo a oler el aire tan fresco que me llena los pulmones como una buena cena el estómago. El aire del valle allí abajo donde vivimos es pesado, cargado de muchas penas y polvo. Pero aquí la brisa es liviana, con

87

and worries. But here the breeze is light, filled with the smell of wildflowers and the brisk perfume of the pines still dressed in snow.

Breathing deeply, I walk down the hill to the cabin where my uncle is parking *la Azul.* When I hand him the keys so he can open the cabin door, tío Herculano asks me, "Didn't you bring your *dulces?*"

"No way, tío!" I reply. When I was younger, I actually used to believe him when he'd tell me that if I planted a candy, a whole tree full of *dulces* would come out. But I'm not that stupid anymore!

With his usual laugh, tío Herculano opens the door to the cabin that he and my grandfather built when they were young men. The walls are made of huge logs squared off with the ax. The cracks between the logs are plastered with the black clay of these mountains, and the roof is made of *vigas* and aspen *latillas.*

"I don't blame you, *hijo.* You're smart not to believe everything people tell you," my uncle comments as we enter the dim interior of the cabin. '*Oye,* did I ever tell you what happened to me when I almost fell in the canyon?"

Like always, he doesn't give me the chance to respond to his question before he plows into his story.

"One time I slipped and started falling down the canyon. At the last moment, I grabbed hold of the branch of a juniper tree. So there I was, hanging over this deep canyon. Just *imagine* it, Tomás!

"*Güeno,* I started to pray—what else could I do? After I had called on every saint in the book, I heard this deep voice coming out of the clouds.

olor a flores silvestres y el penetrante perfume de los pinos aún vestidos de nieve.

Respirando a fondo, bajo la cuesta a la cabaña donde mi tío ya está estacionando La Azul. Cuando le doy las llaves para que abra la puerta de la cabaña, tío Herculano me pregunta,

—¿No *trujites* tus dulces?

—¡Ni modo, tío! —le respondo—. Más antes sí le creía cuando me decía que si *sembráranos* un dulce saldría un árbol de dulces. ¡Pero ya no estoy tan tonto!

Con su risa de siempre, tío Herculano abre la puerta de la cabaña que él y mi abuelo levantaron cuando eran jóvenes. Grandes cuartones compuestos con el hacha hacen las paredes. Las rendijas de las paredes están enjarradas del negro *zoquete* de esta sierra, y el techo está hecho de vigas y latillas de álamo.

—No te culpo, hijo. Haces bien con no creer todo lo que te dicen —comenta mi tío mientras pasamos al interior oscuro de la cabaña—. Oye, ¿no te he *platicao* de lo que me pasó cuando me caí y escapé de quedarme *aplastao* en el cañón?

Como siempre, no me da la oportunidad de contestar su pregunta antes de seguir adelante con el cuento.

—Una vez me resbalé por *aí* y *jui* cayéndome pa'bajo. Al último momento pude agarrarme del brazo de una *sabina*. Aí me quedé suspendido sobre un cañón bruto—¡imagínatelo, Tomás!

—*Güeno,* me puse a rezar, ¿qué más iba a hacer? Ya que había *llamao* a todos los santos que recordaba, oí una voz muy profunda dirigiéndome la palabra desde las nubes.

"*I am God*—the scary voice told me. *Do you believe in Me?*

"*Sí, Señor*—I answered.

"*Do you have faith in Me?*—the voice asked me again.

"*Sí, Señor*—*tengo mucha fe!*

"*Then let go of that branch and let yourself fall. My angels will save you.*

"*What do you think I am, crazy?*—I replied."

Tío Herculano once again dissolves into laughter as he delivers the punch line of his joke. Whether he's laughing at God or at me for believing such a tall tale, I'll never know.

Well, let him laugh, I think, as I head down to the stream to get some water. I don't even get mad when I have to go around the huge pile of cans and empty bottles that my uncle and his hunting buddies have thrown in front of the cabin over the years.

It's impossible to be angry in such a beautiful place. The meadow is wearing a green coat of newly sprouted grass, and the sky is so clear that I can't even imagine a cloud in all of that blue.

I fill the aluminum bucket with icy, clear water from the stream, remembering all the afternoons I've spent fishing here, first with my grandfather and, later, with tío Herculano.

It's a lot harder than fishing for those fat and lazy fish in lakes. These waters are populated with native trout which are so smart and furtive that they can only be caught by someone as intelligent as they are.

Naturally, tío Herculano has a story about these trout, a tale as unbelievable as the biggest fish story you could imagine.

—*Soy Dios* —me dijo la voz espantosa—. *¿Crees en mí?*

—¡Sí, Señor! —le respondí.

—*¿Tienes fe en mí?* —la voz me volvió a preguntar.

—¡Seguro que sí, Señor!

—*Antonces suelta ese brazo y déjate ir para abajo. Mis ángeles te salvarán.*

—¡Ni pendejo! —le dije.

Al pronunciar la frase clave de su chiste, tío Herculano vuelve a reírse, si burlándose de Dios o de mí por haber creído esa patraña, no lo sé.

Bueno, que se burle de mí, pienso mientras voy al río por agua. Ni me enojo cuando tengo que rodear el montón de latas y botellas vacías que mi tío y sus compañeros cazadores han tirado en frente de la cabaña a través de los años.

¿Cómo enojarse uno rodeado de tanta belleza? La pradera lleva su vestido verde del tierno zacate, y el cielo es tan despejado que uno ni se puede imaginar una nube en todo ese azul.

Meto el bote de aluminio en las aguas frías y cristalinas del *rito*, acordándome de las tardes que he pasado pescando aquí, primero con mi abuelito y, últimamente, con tío Herculano.

No es nada como pescar en las lagunas llenas de peces gordos y perezosos. Estas aguas están pobladas de truchas nativas que son tan esquivas e inteligentes que sólo las pueden pescar los que sean más listos que ellas.

Por supuesto, tío Herculano tiene un cuento sobre esas truchas, un cuento tan increíble como el que contaría el más mentiroso de los pescadores.

Según él, una vez pescó una trucha que le con-

The way he tells it, he once caught a trout that confessed everything in exchange for his freedom. This tattletale trout helped my uncle locate the classrooms where all the schools of fish hang out. That's why he always has such good luck when he goes fishing, my uncle claims.

When I return with the bucket now half empty because of all the water that splashed out as I climbed the hill from the stream to the cabin, tío Herculano has already started a fire in the old woodburning stove. I smell the incense of the piñón smoke even before I see it rising from the rusty stovepipe like the tail of a gray cat.

After emptying the crystal-clear water into the white enamel coffeepot blackened by numerous campfires, tío Herculano tosses in two handfuls of coffee.

We could bring coffee along in a thermos, of course, but my uncle always likes to make fresh coffee with the water from the stream because it "tastes better," and, well, because it's just what we do when we arrive at the ranch.

I don't like the taste of coffee all that much, but I do like the smell. I also like the way my glasses get all fogged up when I blow on the hot cup. Everything turns blurry, just like you suddenly fell into a dream.

Sitting down on the creaky bed of springs, I stare at the pile of dead flies in the window lit up with the sun's rays. While the coffee is being made, I lean back on the dusty bed, listening to the crackling of the flames in the stove battling with the early morning cold.

With a serious expression on his face, tío Herculano tells me, "Careful with the bedbugs, Tomás."

fesó todo a mi tío a cambio de que la soltara. *Izque* esa trucha soplona le ayudó a tío Herculano a localizar los cuarteles donde se juntan las tropas de peces. A eso le debe su éxito como pescador, reclama.

Cuando regreso con el bote medio vacío ya que se derramó la mitad del agua en la subida desde el *rito* a la cabaña, tío Herculano ha echado lumbre en la vieja estufa de leña. Huelo el incienso del humo de piñón antes de verlo saliendo del chiflón *mojoso* como la cola de un gato gris.

Después de verter el agua clara en la cafetera blanca de hierro esmaltado manchada del hollín de innumerables hogueras de campamento, tío Herculano le echa dos puños de café.

Pudiéramos traer café hecho en un termos, pero a mi tío siempre le gusta hacer café fresco con el agua del *rito* porque "sabe mejor" y—bueno, porque es lo que siempre hacemos al llegar al rancho.

No me gusta tanto el sabor del café, pero el olor sí. También me gusta cómo se me empañan los anteojos cuando soplo la taza caliente. Todo el mundo se pone borroso de repente, como si uno hubiera caído en un sueño.

Sentándome en el colchón chirriador de muelles, contemplo el montón de moscas muertas en la ventana iluminada por los rayos del sol. Mientras se hace el café, me inclino en la cama polvorosa, escuchando el crepitar de las llamas de la estufa batallando con el frío de la madrugada.

Mirándome con toda seriedad, tío Herculano me dice,

—*Cuidao* con las chinches, Tomás.

I immediately sit up, itching all over my body. When I begin scratching myself, my uncle warns me, *"No, no te rasques, hijo."*

"But why shouldn't I scratch, *tío?*"

"Well, if you kill a bedbug, you're really in for it, *hombre,* because then all the others will come to the funeral."

With a broad smile on his face, tío Herculano serves me a cup of coffee freshly brewed with the water of the stream. We sit at the ancient wooden table that was made by my great-grandfather who, for me, is just as unknown as my great-great-grandfather. The only thing I know about my *bisabuelo* is that his initials are carved on one end of this table—R.M. for Ramón Manzanares.

Pulling out a tobacco pouch and rolling papers, tío Herculano makes a perfect cigarette—better, really, than the ones most people with two hands can make. He exhales a smoke ring and returns to his favorite theme, his missing arm.

"Do you know who healed me when I lost my arm, *hijo?"*

"Well, you told me that Doctor Espinoza took care of you in San Gabriel," I answer, struggling not to cough now that the cabin is filling up with smoke.

"N'ombre, that old bird just sewed me up. The one who really healed me was my own mother. You never knew her, but she was a very wise woman—why, she was the *curandera* here in Coyote.

"She was the midwife for the whole *pueblo* too, so she was there at the beginning and at the end.

De inmediato me incorporo, sintiendo comezón por todo el cuerpo. Cuando empiezo a rascarme, mi tío me advierte,

—No, no te rasques, hijo.

—Pero, ¿por qué no, tío?

—Porque si matas una chinche, *antonces* sí la *fregates,* hombre, porque todas las demás vendrán al velorio.

Con una sonrisa ancha, tío Herculano me sirve una taza del café frescamente hervido en el agua del riachuelo. Nos sentamos en la antigua mesa de madera que hizo mi bisabuelo quien para mí es tan desconocido como mi tatarabuelo, pues lo único que conozco de él son las iniciales que grabó en una orilla de la mesa— R. M., Ramón Manzanares.

Sacando una bolsa para tabaco y papel de fumar, tío Herculano hace un cigarrito tan perfecto como los que hace mucha gente con dos manos. Exhala un anillo de humo y vuelve a su tema favorito, el brazo que le falta.

—¿Sabes quién me sanó cuando perdí el brazo, hijo?

—*Usté* me dijo que el *dotor* Espinosa lo había *curao* en San Gabriel —contesto, luchando por no toser ya que la cabaña se llena de humo.

—N'ombre, ese viejo *maguanco* solamente me cosió. La que sí me sanó *jue* mi propia madre. Tú no la *conocites,* pero ella era una mujer *murre* sabia, *pos* era la curandera aquí en Coyote.

—También era la partera para todo el pueblo, de modo que ella estaba *aí* en el principio y en el final.

Whenever anyone came to ask for help, my mother would always go, no matter what time it was. She never complained that she was too busy or too tired.

"That's why everyone loved her so much—you should have seen, Tomás! After my daddy died, the neighbors would always be bringing things to our door—firewood, corn, meat, flour. We were never short of nothing in our household.

"*Güeno,* like I was telling you, after they had sewed me up like a sack of potatoes there at the hospital, they sent me on home. But I got a terrible infection in my wound. Not even Doctor Espinoza or those *dotores jaitunes* in the capital could help me.

"And you know why, *hijo?* Well, it was because they had given me *el encono.* What do the doctors know about *el encono* anyway?"

I hate to admit it, but I have to tell my uncle that I don't know what this *encono* is either, so I interrupt him to ask for an explanation.

After slurping down another boiling cup of coffee—it must be true that he has a "cow's tongue," as I once heard my mother say—tío Herculano tells me, "Well, *hijo,* if you have a wound you should try to keep away from crowds of people because some of them might infect you with *el encono.*

"That's what happened to me back then. When they brought me home from the hospital, one of our neighbors came by to visit me. *¿Quién Sabe?* was his nickname. I can't even remember what his real name was no more because everybody called him by that nickname.

Cuando alguien venía a pedirle ayuda, mi madre siempre iba, a la hora que *juera*—no andaba con que estaba cansada o muy ocupada.

—Por eso todos la querían tanto, ¡si hubieras visto, Tomás! Después de que murió *en papá,* los vecinos nos *traiban* todo a la puerta—leña, maíz, carne, harina. Nunca nos hacía falta nada.

—*Güeno,* el cuento es que ya cuando me habían cosido como un saco de papas en el hospital, me mandaron pa' la casa. Pero *aí* se me prendió una infección bárbara en la herida. Ni el *dotor* Espinosa ni los *dotores jaitunes* de la capital me pudieron ayudar.

—Y ¿sabes por qué, hijo? *Pos,* era porque me habían *enconao.* ¿Qué diablos iban a saber los *dotores* del encono?

Lamento tener que admitírselo a mi tío, pero tampoco sé qué será "el econo", así que le interrumpo para pedirle una explicación.

Luego de tomar de un sorbo otra taza recaliente de café—tal vez será verdad que tiene "una lengua de vaca" como oí a mi mamá mentar una vez—tío Herculano me dice.

—*Güeno,* hijo, si estás herido no hay que andar entre la bola de gente porque hay algunos que te pueden enconar.

—*Asina* me pasó a mí aquella vez. Cuando me *trujieron* del hospital, uno de los vecinos vino a visitarme. *¿Quién Sabe?* lo apodaban. Ya ni me acuerdo qué era su nombre de *verdá* porque todo el mundo lo conocía por ese sobrenombre.

"When he was a boy, he had fallen off a horse and, I don't know how it happened, but his shoulders stayed lifted up—*tú sabes,* like he was always shrugging his shoulders, like he was saying, *who knows?*

"Anyway, old *¿Quién Sabe?* wasn't a bad guy or nothing. He just had "heavy blood"—know what I mean? Just as soon as he had gone, I knew he had given me *el encono. ¡Ay, qué dolor!* I think I suffered more from that than from the wound itself, *mano.*

"The doctors wanted to stick me back in the hospital, but I knew if I went back in there, the only way I was getting out was in a pine box. But, *¡gracias a Dios!*—I still had my mother with me. She knew just what to do, and, before long, she cured me with her herbs. Just using *oshá* she healed me—*imagínatelo!*

"You know about *oshá, ¿no, hijito?* That root can cure anything, from infections to stomachaches. It's even good for protecting you from *el econo* in the first place if you always carry around a little piece in your pocket.

"*Güeno,* I don't know half of what my mother knew. Too bad I didn't learn more, but you know how it is when you're young and you don't pay attention to nothing. But, like I was telling you, Tomás, she could cure any disease. Only one time her *remedios* messed me up."

With that tantalizing remark, tío Herculano quits talking, focusing all of his attention on his coffee as if the bottom of his cup contained some unknowable mystery.

He knows very well that he's caught me but, before hauling me in, he wants to "play" me a little. So he sits there silently, sipping on his coffee while I try to shake myself free from the hook.

—Cuando era niño, se cayó de un caballo y, no sé cómo, pero sus hombros se quedaron *levantaos*—tú sabes, como si siempre estuviera encogiéndose de hombros, como queriendo *dijir,* ¿quién sabe?

—*Anyway,* no era mala gente el *¿Quién Sabe?*— nomás que tenía sangre pesada, ¿sabes cómo? Tan pronto como se *jue,* yo sabía que me había *enconao.* ¡Ay, qué dolor! Creo que sufrí más con el encono que con la herida, mano.

—Los *dotores* querían meterme otra vez en el hospital, pero yo sabía que, ya entrando en ese lugar, sólo iba a salir en un cajón de madera. Pero ¡gracias a Dios que todavía tenía a mi madre! Ella sabía exactamente qué hacer, y pronto me curó con sus yerbas. Casi con el puro oshá me sanó—¡imagínatelo!

—Tú sabes del oshá, ¿no, hijito? Esa raíz lo cura todo, sea infecciones o dolores de panza. Hasta te puede proteger del *mesmo* encono si siempre llevas un pedacito en el bolsillo.

—*Güeno,* yo no sé ni la mitad de lo que sabía mi madre. Lástima que no lo aprendiera yo, pero uno es joven y no se fija en nada. Pero, como te digo, cualquier *enfermedá,* ella te la curaba. Nomás una vez me *jue* mal con sus remedios.

Con esa frase tentadora, tío Herculano deja de hablar, enfocándose en su taza de café como si el fondo contuviera algún misterio insondable.

Bien sabe que ya me pescó, pero antes de sacarme del agua, quiere jugar conmigo un poco. Así que guarda silencio, sorbiendo su café mientras trato de librarme del anzuelo.

But it's hopeless. I've got to know why he said that—why did one of his mother's remedies "mess him up?"

I'm starting to understand how that tattletale trout must have felt. Tío Herculano probably started telling him a story about the fattest and juiciest earthworm in the whole fish universe. That poor trout must have been willing to betray all of his brothers just to find out how the story ended.

Pero es inútil. Tengo que saber qué quería decir con eso, con que una vez le había ido mal con los remedios de su madre.

Ahora sí sé cómo se sentiría esa trucha soplona. Tío Herculano debe haber empezado a hablarle de la *lumbriz* más gorda y suculenta del universo de los peces. La pobre trucha traicionaría a todos sus cuates sólo para saber cómo terminaría la historia.

A BEAN IN THE EYE

Stubbing out his cigarette, tío Herculano takes a last drink of coffee and starts gathering the tools, the shovel that I'll be using and the short-handled hoe that he swings so skillfully with his powerful hand.

Using his teeth, he ties on his carpenter's apron which holds the seeds we'll be planting: beans, pumpkins, melons, cucumbers, corn, *habas,* tomatoes and, of course, chile.

We might be able to do without one vegetable or another, but there's no garden without chile. *Bueno,* as far as my tío is concerned, there's no such thing as a meal without chile either, so we always plant enough so he can burn out his tongue all year 'round.

Tío Herculano likes his chile good and hot. That's why he never buys chile seed, even if they claim it's "hot." He only uses seed from the chile he himself plants, a variety he calls *"Coyote Quemoso."*

Every year he harvests a mountain of green chile, but since he prefers the red, tío Herculano lets the majority of his chile ripen on the plant. There's nothing in the world that gives him greater pride than filling his portal every fall with *ristras* of chile red as fire (and just as hot to the taste).

With his carpenter's apron in place and his worn and stained straw hat on his bald head, tío Herculano is

UN FRIJOL EN EL OJO

Apagando su *bacha,* tío Herculano toma su último trago de café y se pone a juntar las herramientas, la pala que voy a usar yo y el cavador de cabo corto que él maneja tan bien con su mano poderosa.

Con los dientes se amarra su mandil de carpintero dentro del cual tendrá todas las semillas que vamos a sembrar—frijoles, calabazas, melones, pepinos, maíz, habas, tomates y, desde luego, el chile.

103

Nos puede faltar uno que otro vegetal, pero el chile no, pues no hay jardín sin él. Bueno, para mi tío tampoco hay cena sin el chile, así que siempre sembramos lo suficiente para que se le queme la lengua el año entero.

A tío Herculano le gusta su chile bien picante. Por eso, nunca compra semilla, aunque digan que es *"hot".* Solamente usa semilla del chile que él mismo cosecha, una variedad que mi tío llama "Coyote Quemoso".

Todos los años cosecha un montón de chile verde, pero como prefiere el colorado, tío Herculano deja la mayoría del chile en la mata hasta que se madure. No hay nada en este mundo que más orgullo le dé que llenar su portal cada otoño de ristras de chile del color de la lumbre que son.

Con su mandil de carpintero puesto y su gasta-

now ready to begin planting.

"*Vámonos, hijo,* the land is calling us," he says, shutting the cabin door behind us and walking down the hill to the site of the garden.

As is fitting for the beginning of a ritual, we walk in silence. My uncle doesn't have to tell me to be quiet; I just understand I'm not supposed to talk.

As we walk along, I listen to the birds gossiping in the oaks. Perhaps they are talking about us, like tío Herculano claims. It's not too hard to imagine what the magpies are saying with their sarcastic crowing: *Here come these fools again to plant and sweat all summer long just so we can eat the best ears of corn.*

I can feel the heat of the earth even through the soles of my tennis shoes, the earth that's about to awaken in order to receive the long-awaited seeds.

Tío Herculano is right. We really are being "called" by this clay that's just as alive as we are.

But it certainly could never be as tricky as my uncle is. He knows very well that he planted the seed of a story in my imagination when he told me about his mother's *remedio* that "messed him up." He's let that seed grow and grow until I'm almost ready to explode.

I can't take it anymore. My uncle's going to have to explain himself because I can't plant the garden with a half-finished story in my head.

"*Bueno, tío,* tell me what happened."

"What?" he replies, lifting his head to look at me. We've started working as my uncle marks the furrows with his hoe and I follow behind, shoveling them out.

do y manchado sombrero de paja en la cabeza calva, tío Herculano ya está listo para empezar la siembra.

—Vámonos, hijo, que la tierra nos está llamando —dice, cerrando la cabaña y bajando la cuesta rumbo al sitio del jardín.

Como se trata del principio de una ritual, andamos en silencio. No es necesario que me diga nada mi tío; entiendo que no hay que hablar en estos momentos.

Mientras andamos, escucho los pájaros chismorreando desde los encinos. Tal vez estarán hablando de nosotros, como reclama tío Herculano. No es difícil imaginar lo que estarán diciendo las urracas con sus graznidos tan sarcásticos—*Aquí vienen los tontos otra vez a sembrar y sudar todo el verano para que comamos nosotros los mejores elotes.*

Hasta por las suelas de mis tenis puedo sentir el calor de la tierra, la tierra que está por despertarse, por disponerse a recibir las esperadas semillas.

Tendrá razón mi tío: sí nos está llamando la tierra, este barro que está tan vivo como nosotros.

Pero el más vivo de todos es el mismo tío Herculano. Bien sabe que me ha sembrado la semilla de un cuento en la imaginación con lo del remedio de su madre que le falló. Ha dejado que se crezca la tensión hasta que estoy por reventarme.

Ya no puedo más. Mi tío tendrá que terminar la historia, pues no puedo sembrar la huerta en paz con un cuento pendiente.

—Bueno, tío, platíqueme lo que pasó.

"About . . . well, about the remedy that didn't work. You know, the one your mother gave you. *¿No se acuerda?*"

Of course he remembers. Tío Herculano would forget to put on his pants in the morning before he would forget a story. And, sure enough, he begins telling it without a moment's hesitation.

"*Oh sí, hijo,* well, what happened was one time I got something stuck in my eye that wouldn't come out. Since it wouldn't even let me sleep at night, I asked my mother to get it out.

"And do you know what she did, Tomás? She put a bean in my eye to clean out whatever it was that was stuck in there—can you imagine that?"

"*Sí, tío,*" I reply, and it's true. Tía Zulema had told me about that old cure. As well as being a fortune-teller, tía Zulema also knew a lot about the traditional *remedios.* It makes sense, if her mother was a *curandera,* as my uncle says.

Once I had the same thing happen to me as happened to tío Herculano. I got some dirt in my eyes when I was playing in my aunt's yard. Like her brother, tía Zulema had a real green thumb, so her garden was as lush as a jungle.

When I came inside to tell her what had happened, my aunt told me there were two ways to get the dirt out of my eyes—either with a pinto bean or with a horsehair.

Well, I didn't have any trouble choosing which cure I wanted, so tía Zulema made a little loop with a horsehair and ran it over the surface of my eye.

—¿Cómo? —responde, levantando la cabeza para mirarme. Ya empezamos a trabajar, él marcando los surcos con su cavador, y yo escarbándolos.

—Digo … del remedio que no trabajó. *Usté* sabe, el que le dio su madre. ¿No se acuerda?

¿Cómo no se va a acordar? Tío Herculano olvidaría ponerse los pantalones en la mañana antes de olvidar un cuento. Y, sí, de una vez se lanza a él.

—Oh sí, *pos* fíjate, hijo, que una vez se me clavó una espina en el ojo y no me la podía sacar. *Güeno,* como ya me molestaba hasta para dormir, a mi madre le pedí que me curara.

—Y ¿sabes lo que me hizo, Tomás? Me metió un frijol en el ojo para sacarme la espina, ¿te lo puedes imaginar?

—Sí, tío —le contesto, y es cierto. Tía Zulema me había hablado de ese viejo remedio. Además de ser adivinadora, tía Zulema también sabía mucho de los remedios tradicionales. Cómo no, si su madre era una curandera, como dice mi tío.

Una vez me pasó lo mismo que le pasó a tío Herculano. Me cayó tierra en los ojos cuando estaba jugando en el patio de mi tía. Ella tenía mucha habilidad para la jardinería, lo mismo que su hermano. En efecto, su jardín era tan lozano que parecía una selva.

Cuando entré a decirle lo que me había pasado, tía Zulema me dijo que había dos modos para sacarme la tierra de los ojos, o con un frijol o con una cerda.

No tuve ninguna dificultad para escoger entre esas dos posibilidades, de modo que tía Zulema formó un lazo con un pelo de caballo y me lo pasó por encima del globo del ojo.

Surprisingly, it worked, though I had already decided I would pretend it helped anyway because I was so afraid of that bean.

"*Güeno,*" continues tío Herculano, "my mother stuck a bean in my eye and, I don't know what happened, but somehow it got lost in there. I guess it must have slipped back behind my eye, *tú sabes,* into the place where we watch our dreams.

"It bothered me a little at first, but after awhile I forgot all about it. But then one morning, I woke up with a terrible itching way down inside my ear.

"When I started scratching at it, I felt something down in there. I grabbed hold of it with my fingers and pulled. *¡Qué sonamagón!* Out popped a bean plant—*¡imagínatelo, hijo!*"

Lo increíble es que trabajó, aunque yo ya había decidido fingir sentir alivio de todas maneras, tanto era el miedo que tenía de ese frijol.

—*Güeno* —continúa tío Herculano—, mi madre me metió un frijol en el ojo, y no sé qué pasaría, pero el cuento es que el frijol se *despareció*. Creo que se perdería detrás del ojo—tú sabes, *aí onde* miramos los sueños.

—Al principio, me molestaba un poco, pero después no. Con el tiempo, hasta se me olvidó de lo que había *pasao. Loo* una mañana desperté con una comezón *murre* honda en el oído.

—Al rascarme, me di cuenta que había algo *aí* adentro. Lo agarré con los dedos y lo jalé. ¡Qué *sonamagón!* De repente salió una mata de frijol—¡imagínatelo, hijo!

THE HONEST-TO-GOD TRUTH

"Tío, if you're going to pull the wool over my eyes, at least try not to be so obvious about it. Remember I'm not the little kid who used to plant *dulces* anymore."

"What are you talking about? Why, that's the honest-to-God truth," he responds with his best deadpan face. But I know he must be cracking up inside.

"And if you never got a candy tree to come up," he adds, "it's only because you didn't irrigate it enough."

With that, tío Herculano begins cleaning out the ditch while I continue making the furrows he's finished marking out. The ditch has to be cleaned because, once we've gotten the planting finished, he'll fill it with water from the stream.

The first irrigation of the garden is the most important. I know my uncle will make the water run very slowly so it will soak the seeds well and not wash them away.

"Maybe I should have left that bean plant in my ear," he observes, apparently determined to milk the joke for all it's worth. "I would have harvested more than what we did last year with this garden. *¡Qué barbaridad! Güeno,* but it did freeze really early last year. That didn't help us none."

LA PURITA VERDA

—Tío, si me va a tomar el pelo, al menos no lo haga de una manera tan obvia. Acuérdese que ya no soy el muchachito que sembraba dulces.

—Pero, ¿cómo? si es la purita *verdá* —responde. Tiene cara de monja boba, pero para sus adentros estará riéndose.

—Y si nunca salió un árbol de dulces —añade—, es que no lo *regates* lo suficiente.

Al decir eso, tío Herculano se pone a sacar la acequia mientras sigo escarbando los surcos que él ha acabado de marcar. La acequia tiene que estar limpia porque después de sembrar, mi tío la llenará del agua del río.

La primera regadura del jardín es la más importante. Ya sé que mi tío hará que corra muy despacio el agua para que se consuma bien, y para que no se lleve las semillas.

—Tal vez me debería de haber *dejao* esa mata de frijol en el oído —observa, pues parece que también hará que dure la broma todo el día—. Hubiera *cosechao* más de lo que cosechamos de este jardincito el año *pasao*. ¡Qué *barbaridá*! *Güeno*, pero se heló muy temprano. Eso no nos ayudó nada.

"Yes, it was a devil of a winter," I say, using my grandfather's favorite phrase. Every time my *abuelito* talked about the weather, he would always say it was a "devil" of a heat wave or a "devil" of a cold day. It seemed like weather always belonged to the *diablo.*

Of course, my grandfather was convinced we were living in the "final days." He would always talk about how the world was about to come to an end because the Bible says that, in the last days, the weather will turn bad with terrible storms like the ones we are getting now.

"Ooh, last winter was nothing, Tomás!" replies tío Herculano, using his hoe to scatter rocks, dried weeds, and rotted leaves. "In the old days . . ."

Here we go again.

". . . are you listening to me, *hijo?* In the old days, we *really* used to have some awful winters. It used to get so cold that the Río Grande would freeze solid! We didn't even need to use no bridges because you could run a team of horses right over the ice.

"One year, I remember, I was coming over here with the horse and wagon. It had been snowing all the way but, since I had plenty of clothes on and some good, fat horses, I didn't think much about the danger.

"I was still pretty far from home when I got caught in a blizzard. It was so bad I had to stop. I took out my bottle of moonshine, figuring I was going to have to spend the night out on the *llano.*

—Sí, *jue* un invierno del demonio —digo, usando una frase de mi abuelito. Cada vez que mi abuelito hablaba del tiempo, siempre usaba la misma expresión: un calor del demonio, un frío del demonio, pues parecía que todo le pertenecía al rey del infierno.

Bueno, pero mi abuelito estaba convencido de que estuviéramos en "los últimos días". Siempre decía que el mundo estaba por acabarse porque la Biblia dice que al final del mundo el tiempo se iba a poner muy feo, con unas tormentas terribles como las que están llegando ahora.

—Ooh, el invierno del año *pasao* no *jue na'a,* Tomás

—responde tío Herculano, usando su cavador para desparramar piedras, hierbas secas, y hojas podridas—. Más antes ....

Aquí vamos otra vez.

—...¿me escuchas, hijo? Más antes sí *pasábanos* unos inviernos pero brutos. Hacía tanto frío que hasta se helaba el Río Grande—¡bien sólido!, *pos* ni había *necesidá* de puentes porque pasaban los carros de caballos por encima del hielo.

—Un año, me acuerdo, venía pa'cá en el carro de caballos. Había caído nieve todo el camino, pero como venía con *muncha* ropa y unos caballos gordos, no me fijé en el peligro.

—Todavía me faltaba *muncho* para llegar cuando me pescó una nevada muy mala, *pos jui obligao* de pararme. Saqué mi botella de *mula,* pensando pasar la noche *aí* en el llano.

"So, I covered myself up and held on to my dog, but I just couldn't warm up. Before long, I started getting a terrible chill and I thought to myself, *If I don't get up right now, I'm never going to get out of here alive.*

"*Güeno,* I got up and unhitched one of the horses. I tied my arms to the reins and made the horse take off. He started trotting, pulling me along a ways.

"Finally, I found my feet and went running behind that horse. We went a *long* way, probably a mile or more, until the exercise finally started warming me up enough so I could get on the *caballo.*

"I made it all the way to Youngsville that night—*¡gracias al Señor Todopoderoso!* I spent the night at my *compadre* Salomón's house. And, you know, it snowed so much that year that I had to wait until spring to go get the wagon.

"*¡Ay, qué invierno!* You're probably not going to believe it, *hijo,* but when all that snow finally melted, we found some of our cows up in the branches of the trees. There they were, frozen stiff, like giant vultures!"

I'm not sure what to think about that. Is my uncle still pulling my leg, or is he telling the truth?

Who knows? All I know is that the coffee I drank awhile ago has made its way through my body.

"I've got to go pee, tío. I'll be right back."

"You know what you've got to do, no?"

"*¿Qué?*"

"Well, where you wet the ground, you've got to draw a cross."

"But why, tío?"

"So the *brujas* won't hurt you," he replies as if it were the most obvious thing in the world.

—Me cobijé y abracé a mi perro, pero nada. No podía calentarme. Al rato me pegó un temblor terrible, y me dije, *Si no me levanto ahora mesmo, ya no salgo de aquí.*

—Me levanté y desprendí uno de los caballos. Amarrándome los brazos a las riendas, le di al caballo, y se *jue* trotando, arrastrándome una distancia.

—Al fin *jallé* los pies y *jui* corriendo detrás del animal. Lejos *juimos*—una milla fácil—hasta que poco a poco el ejercicio me *jue* calentando y pude subirme al caballo.

—*Jui* hasta Youngsville esa noche, y, gracias al Señor Todopoderoso, llegué a la casa de mi compadre Salomón. Y sabes que cayó tanta nieve ese año que tuvimos que esperar hasta la primavera para ir por el carro.

—¡Ay, qué invierno! Fácil no lo vayas a creer, hijo, pero cuando por fin se derritió toda esa nieve, *jallamos* varias vacas *aí* arriba en los brazos de los árboles. *¡Aí* estaban, bien heladas, como grandes zopilotes!

No hallo qué pensar. ¿Sigue *madereándome* mi tío, o me estará hablando con la verdad?

¿Quién sabe? Sólo sé que el café que tomé hace rato ya ha terminado su viaje por mi cuerpo.

—Tengo que ir a mearme, tío. Pronto vengo.

—Ya sabes lo que tienes que hacer, ¿no?

—¿Cómo?

—*Pos, aí onde* mojas la tierra, tienes que rayar una cruz.

—Pero, ¿por qué, tío?

—Para que no te hagan mal las brujas —contesta como si *juera* la cosa más evidente del mundo.

"That's how they do their witchcraft," he continues. "They get something from your body—a lock of your hair, a fingernail clipping, even the ground you wet with your urine. Then they use it to put a curse on you.

"*Oye,* I think it's time I told you something."

"What, tío?" I respond, all ears.

"Or maybe not," he says, pulling a red handkerchief out of his pants pocket to wipe the sweat from his brow. "It's so unbelievable that you'll probably think I'm just telling you a pack of lies."

"Tío, you can't do this to me! Tell me what you were going to say!" I interrupt him. I can hold my water for awhile, but I can't stand the mystery of an unknown story.

"*Güeno,* if you insist. But didn't you say you had to go pee?" he says, his eyes teasing me.

"Tío...!"

"Okay, *mira.* You remember what I said about your tía Luisa this morning?"

"You mean when you said *he* couldn't remember the day of *his* birthday?"

"Exactly."

"But you told me I'd heard you wrong, tío."

"I did, but it's true anyway."

"What's true."

"Well, what I said, *hijo.* Your tía wasn't always a woman. She used to be Luis."

"What? My tía a man? That one I can't swallow, tío," I say, jamming my shovel in the earth almost up to the handle.

—*Asina* hacen sus brujerías —continúa—. Agarran algo de tu cuerpo—un mechón de cabello, un pedacito de uña, hasta la tierra que mojas con los orines. *Loo* lo usan para embrujarte.

—Oye, yo creo que ya llegó el momento de *dijirte* algo.

—¿Qué, tío? —respondo, aguzando el oído.

—O tal vez no —continúa, sacando un pañuelo colorado del bolsillo de los pantalones para limpiarse el sudor de la frente—. Es algo tan increíble que a lo mejor pensarás que te estoy echando una bola de mentiras.

—¡Tío, no me puede hacer esto! ¡Dígame lo que pasó! —le interrumpo, pues puedo aguantarme las ganas de hacer mis necesidades, pero las de enterarme del misterio del cuento no.

—*Güeno,* si tú insistes … pero, ¿que no *dijites* que tenías que mearte? —dice, mirándome con sus ojos burlones.

—¡Tío … !

—*Okey,* mira. ¿Te acuerdas de lo que dije de tu tía Luisa esta mañana?

—¿Quiere decir cuando *usté* dijo que *él* no sabía el día de su propio cumpleaños?

—Eso mero.

—Pero *usté* me lo negó, tío.

—Sí, pero es cierto.

—¿Qué es cierto?

—*Pos* eso, hijo. Tu tía no siempre era mujer. Nació Luis.

—¿Cómo? ¿Mi tía un hombre? Eso sí no me lo puedo tragar, tío —digo, clavando mi pala en la tierra casi hasta el cabo.

"I told you that you wouldn't believe me," he replies, looking at me with a blank expression. "But, believe it or not, *hijito,* it's the honest-to-God truth."

—Te dije que no me ibas a creer —responde, mirándome sin expresión—. Pero aunque parezca mentira, hijito, es la purita *verdá*.

THE RANCH OF THE WITCH

Tío Herculano works in silence for a few moments while I struggle to understand what he has just told me. The only sound besides the chopping of his hoe is a cow mooing for its missing calf.

Tía Luisa a man? My uncle has told me some pretty amazing things before, but nothing that compares with this. Of course, tía Luisa *does* have those long hairs hanging from her chin, but . . . .

"You remember that place we passed on the way up here—*el Rancho de la Bruja?*" my uncle asks, stopping his work to look at me with that same blank expression (though I can see his eyes are on the verge of dancing).

"Yes," I respond like a starving man who just received an invitation to have dinner. "But you've never told me why it's called the Ranch of the Witch."

"Well, sit down so I can tell you now," says tío Herculano, indicating the trunk of a large aspen tree he cut years ago at the side of the ditch. Using his hand as an ax, he chops off the mushrooms that have grown on the bark of the tree. Once we have made ourselves comfortable on the trunk, he can tell me the story the way it should be told.

"You remember I also told you this morning about a woman named Ninfa."

EL RANCHO DE LA BRUJA

Tío Herculano trabaja en silencio un momento mientras me esfuerzo por comprender lo que me acaba de decir. El único sonido fuera del golpe de su cavador es el bramido de una vaca llamando a su becerro errante.

¿Tía Luisa un hombre? Mi tío me ha dicho muchas cosas *estrambólicas,* pero nada que se compara con esto. Bueno, tía Luisa sí tiene esos pelos largos colgándole del mentón, pero ....

—¿Te acuerdas de ese lugar que pasamos en el camino pa'cá—el Rancho de la Bruja? —pregunta mi tío, dejando de trabajar para volver a mirarme impasible, pero veo que sus ojos están al punto de bailar.

—Sí —le contesto como un hambriento al recibir una invitación a cenar—. Pero *usté* nunca me ha dicho por qué se llama así.

—*Pos,* siéntate para decírtelo ahora —dice tío Herculano, indicando el troncón de un gran álamo que cortó hace años al lado de la acequia. Usando su mano como una hachita, le quita los hongos de la cáscara del palo. Nos acomodamos en el troncón, y ahora sí puede contarme el cuento como se debe contar.

—Te acuerdas que también te platiqué esta mañana de la Ninfa.

"The one who was a *bruja?*" I say, feeling something tightening up in the pit of my stomach.

"*Sí.* Well, this Ninfa was a pretty big woman. They used to say she would turn into a black dog—*tú sabes,* to go out and do her *brujerías.* She didn't turn into an owl like the other witches 'cause she was too fat to fly—that's what I think, at least."

A black dog? Now it's not just my stomach but my whole body that feels like it's caught in a vise. I had just dreamed about a black dog last night! And if it wasn't a dream?

"They say you only saw that black dog when Ninfa wasn't around," tío Herculano continues his story. "I don't know, because I never saw it myself. But I heard it was such a big dog it would scare the daylights out of you.

"One thing I can tell you—that woman wasn't afraid of doing a man's work. She did everything a man would do on a ranch. She branded her own calves, dehorned them and even castrated them.

"Once, I stopped by her place to ask her if she had seen my bull around. I was always chasing after that white-faced *toro.* His name was "Willie" because I bought him from a gringo over in Lindrith who was named William. That guy had the same red hair the bull had, *ve.*

"*Güeno,* Willie was one of my best bulls, but he'd never stay put with my cows. Instead, he'd go wandering all over the mountainside, leaving calves wherever he went. A real macho, I guess, like Gabino Barrera in the old *corrido.*"

—La que era bruja, ¿no? —digo, sintiendo algo apretándose en la boca del estómago.

—Sí, *pos* esta Ninfa era una mujer bastante grande. Reclamaban que se convertía en un perro negro—tú sabes, para salir a hacer sus brujerías. No se hacía tecolote como las demás brujas, *pos* yo creo que estaba muy gorda para echarse a volar.

¿Un perro negro? Ahora no solamente mi estómago sino todo el cuerpo parece estar en un tornillo de banco. ¡Anoche soñé con un perro negro! ¿Y si no fue ningún sueño?

—Ese perro negro sólo se veía cuando la Ninfa no se encontraba —sigue platicando tío Herculano—. No sé, porque nunca lo *vide,* pero *izque* era una animal enorme y *murre* espantoso.

—Una cosa sí, esa mujer era muy *hombrota, pos* hacía todo el trabajo del rancho, todo lo que haría un hombre. Herraba sus propios becerros, los descornaba y hasta los capaba.

—Fíjate que una vez llegué a su rancho pa' ver si no había visto a mi toro anducio. En aquel *antonces* tenía un toro *bole, Willie* lo llamaba porque lo había *comprao* a un gabacho de Lindrith con nombre de William. Ese William tenía pelo tan *colorao* como el del toro.

—*Güeno, Willie* era un toro bonito, pero muy vagamundo. No le gustaba quedarse con mis vacas sino que andaba por todo el monte, dejando becerros por *ondequiera.* Muy machote, ve, como Gabino Barrera del corrido.

"But what does all of this have to do with my tía Luisa?" I ask my tío. His story is interesting, but I know just how far off the track he can get when he starts remembering things.

"Don't be in such a hurry, *hijo*," he replies, making another cigarette with his agile hand. "You can't tell a story just like that. It needs a little time to ripen up.

"It's just like with the garden. How do you expect to harvest the chile when we just started planting?"

"*Sí tío*, I know what you mean," I say without adding the "but" that wouldn't do me any good anyway.

"*Güeno*, where was I?"

"*En el rancho de la . . . .*"

"*Oh sí*, well it so happened that day Ninfa was getting ready to castrate a black horse she had. It was as black as that dog must have been—like I tell you, I never saw the dog, but I do remember that horse was as black as soot, blacker than a moonless night.

"I never cared for that woman, but I hated to see the animal suffer. It's very difficult to castrate a horse, you know—they're not like calves. So I told her that I'd do the job for her.

"And do you know what that *bruja* told me? Well, she looked at me with those bug eyes of hers and said, *I don't need your help or the help of any other man. I can fix this horse just fine by myself, and if you don't get out of here, I'll fix you up the same way!*

"*¡Qué bárbara, no Tomás?*"

"*Sí*," I reply, feeling a twinge of pain not totally related to my need to pee. But I'll have to hold it a little

—Pero ¿qué tiene que ver todo esto con mi tía Luisa? —le pregunto a mi tío. Me gusta la historia, pero ya sé lo mucho que puede extraviarse mi tío cuando empieza a recordar las cosas.

—No te apures, hijo —responde, haciendo otro cigarrito con su mano ágil—. Una historia no se puede contar nomás así así. Se necesita tiempo pa'que se vaya madurando.

—Es como cultivar un jardín, ve. ¿Cómo quieres cosechar el chile cuando apenas empezamos a sembrar?

—Sí, tío, ya lo sé —digo sin añadir el "pero" que de todos modos no ayudará nada.

—*Güeno, ¿ónde* estuve?

—En el rancho de la ….

—Oh sí, *pos,* tocó que ese día que llegué al rancho de la Ninfa, ella estaba preparándose para capar un caballo negro que tenía. Sería tan negro como el perro—como te digo, nunca lo llegué a ver, pero sí me acuerdo que ese caballo era tan negro como el hollín, más negro que una noche sin luna.

—Nunca me *caiba* bien esa mujer, pero no quería que sufriera el animal. Los caballos son muy *delicaos* para capar, sabes, no son como los toritos. De modo que le dije que yo le podía hacer el trabajo.

—¿Y sabes cómo me dijo esa bruja? *Pos* me miró con esos ojos tan saltones que tenía y me dijo, *No necesito tu ayuda ni la de ningún hombre. Yo puedo beneficiar a este caballo muy bien, y si no te me quitas de encima, a ti también te compongo.*

—¡Qué bárbara! ¿no, Tomás?

—Sí —asiento, sintiendo un dolor no totalmente relacionado con las ganas que tengo de mearme.

longer because the story is getting too good to stop now.

"Well, what can I tell you?" continues tío Herculano, extinguishing the butt of his cigarette with his hoe. "I left her alone. I didn't want to mess with that witch.

"And she really was a *bruja* because, just think about it. Here she was, all fat and ugly, yet she was always the most popular woman at the dances. She danced every *pieza* with the most handsome men. All the women would get mad because Ninfa had their husbands and boyfriends under her spell."

"But how did she do that, tío? How did she bewitch all those men?"

"Good question, *hijo.* Well, they say she used to get her power from a stone—*la piedra imán,* they'd call it."

"*Piedra imán?*"

"*Sí,* it's a magic stone that the *bruja* has to take care of as if it were her own flesh and blood. I hear they even have to feed the stone. I don't know how in the world a stone can eat, but anyway, that Ninfa did have a lot of power.

"One time—it must have been for *la fiesta de San Juan,* because there was a big *fandango*—that witch got interested in my brother Luis. She danced all night long with him, even though he was already married. God only knows how jealous my sister-in-law must have been!

"*El cuento es,* Ninfa wasn't satisfied just to dance with my poor brother that night. She fell in love with him. But Luis didn't pay no attention to her, even if she did have a *piedra imán* and who knows what else.

Bueno, hay que aguantarlas un poco más porque el cuento está poniéndose pero sabroso.

—*Güeno, ¿*qué te puedo *dijir?* —sigue tío Herculano, extinguiendo su bacha con el cavador—. La dejé sola, *pos* no quería meterme con esa bruja.

—Y sí *era* bruja porque fíjate que tan gorda y fea que era, pero siempre era la más popular en los fandangos. Bailaba todas las piezas con los hombres más guapos. Hasta envidia les daba a las demás mujeres porque la Ninfa tenía *hechizaos* a todos sus maridos y novios.

—Pero ¿cómo hacía eso, tío? ¿Cómo hechizaba a tantos hombres?

—*Güena* pregunta, hijo. *Pos,* reclamaban que ella sacaba su poder de una piedra—la piedra imán le *dijían.*

129

—¿Piedra imán?

—Sí, es una piedra mágica que la bruja tiene que cuidar como si *juera* su propia carne. *Izque* hasta le tiene que dar de comer a la piedra—no sé cómo diablos comería una piedra, pero el cuento es que la Ninfa sí tenía *muncho* poder.

—Una vez—sería para el día de San Juan, porque hubo un fandango muy grande—la bruja esa se interesó en mi hermano Luis. Bailó toda la noche con él aunque ya estaba *casao.* ¡Sabrá Dios los celos que le darían a mi cuñada!

—El cuento es que la Ninfa no se contentó con sólo bailar esa noche. Se enamoró de mi pobre hermano. Pero Luis no le hacía caso, a pesar de su piedra imán y todo el mugrero que tenía.

"Ninfa got mad like the dog she was. You see, she was used to getting what she wanted. So she told my brother—angry as could be, she told him: *If you don't want me, that's fine. But let's see how much your pretty little wife is going to like you after this!* Then she scratched him, just like a wild animal—imagine it!"

"Was it a bad scratch?" I ask my uncle, chills running up and down my spine in spite of the warmth of the day. "Did she draw blood?"

"Sure enough, but my brother didn't pay much attention to the wound. Well, not until he noticed his beard had stopped growing on that cheek. Then it stopped growing on the other cheek as well.

"When his chest started swelling, he realized Ninfa had bewitched him. But my brother was never afraid of nothing, so he went to that old hag's ranch to force her to remove the curse.

"He found her outside, shoeing her horse—that same black one I told you about. *Güeno,* my brother told her he knew very well she was the one who had put a hex on him, and if she didn't take it off, he was going to kill her right then and there.

"But Ninfa didn't pay no attention to him. He was yelling and threatening her, but she pretended not to hear him, just filing away at that horse's hoof as if nothing out of the ordinary was happening.

"Die then, you daughter of the devil!" my brother screamed, jumping at her. But before he could grab her neck to choke her, the black horse threw a kick that hit him in—*tú sabes,* the place where it hurts the most on a man. The pain was so bad, my poor brother passed out.

—Se enojó la Ninfa como la perra que era, *pos* estaba bien acostumbrada a salirse con la suya. *Izque le dijo a mi hermano, muy enrabiada le dijo, Si no me quieres, está bien—pero a ver cómo te va a querer a ti tu linda mujercita después.* *Loo* lo rasguñó, como un animal mesteño—¡imagínatelo!

—*¿Jue* un rasguño malo? —le pregunto a mi tío, sintiendo escalofríos de miedo, a pesar del calor del día—. ¿Le sacó sangre?

—Sí, pero mi hermano no se fijó *muncho* en la herida, *güeno,* hasta que se dio cuenta que ya no le salía la barba en ese cachete. *Loo* le dejó de crecer la barba en el otro *lao* también.

—Cuando sus pechos empezaron a hincharse, ya sabía que la Ninfa lo había *embrujao.* Pero como mi hermano no sabía qué era el miedo, *jue* al rancho de la greñuda para obligarla a que le quitara la brujería.

—La *jalló aí ajuera,* poniéndole herraduras a su caballo—aquel negro que te dije. *Güeno,* mi hermano le dijo que bien sabía que ella lo había *fregao,* y que si no lo sanaba la iba a matar *aí mesmo.*

—Pero la Ninfa no le prestó nada de atención, por más que le gritara y la amenazara. Se hizo la sorda, *alimando* la pezuña del caballo como si nada.

—¡*Muérete antonces, hija del mashishe!* —gritó mi hermano, lanzándose sobre ella. Pero antes de que pudiera pescarla por el pescuezo para *horcarla,* el caballo negro le tiró una patada que le pegó—tú sabes, *aí onde* más le duele a un hombre. Tanto *jue* el dolor que hasta se desmayó el pobre.

"When he came to, he found himself alone on the ground. Ninfa was missing and so was the black horse. But the worst thing was, my brother was missing the thing that made him a man—*me entiendes, ¿ no?*

"He got up from the ground as the woman he has been ever since that day. But before he left that cursed place, he saw the black dog, that dog that was the evil spirit of the witch.

"So be careful with *las brujas*, Tomás, because there's still plenty of them around," tío Herculano says, looking from side to side as though we were surrounded by invisible evil spirits.

"Well, let's get back to work, *hombre*. I didn't bring you all the way up here just to eat your lunch," says my uncle as he gets up and goes back to work in the ditch.

I get up as well, but I remain standing in the same spot. It's as if I myself were planted in the garden. I feel like my feet have turned into roots.

"*Güeno*, go and pee now before you start floating away," tío Herculano says with a smile, and, at last, I head for the trees to do my business.

Could it really be true? Tía Luisa is certainly ugly enough to have been a man. And that scar she has on her cheek—could that be from the time the *bruja* scratched her? Maybe that's the reason why she's so mean all the time …

No!—I think, silently cursing myself. It's just another one of my crazy uncle's tall tales. But, just to be sure, I pick up a stick and draw a cross in the wet earth. As I do so, I hear the growling of a dog—growls that sound exactly like the ones I heard last night in my dream!

—Cuando volvió en sí, se *jalló* solito en el suelo. No estaba ni la Ninfa ni el caballo negro. Pero lo peor de todo era que tampoco estaba la cosa que lo hacía hombre—me entiendes, ¿no? —Se levantó como la mujer que ha sido desde ese día en adelante. Pero antes de salir de ese lugar *endemoniao, vido* el perro negro, el perro que era el maldito espíritu de la bruja.

—De modo que cuídate *muncho* de las brujas, Tomás, que todavía las hay —dice tío Herculano, mirando por todos rumbos como si estuviéramos rodeados de hechiceras invisibles.

—*Pos,* a trabajar, hombre. No te *truje* pa'cá sólo pa'que comieras tu *lonche* —dice mi tío, levantándose y volviendo a trabajar en la acequia.

También me pongo de pie, pero me quedo parado donde mismo. Es como si yo estuviera plantado en la huerta, como si los dedos de los pies se me hubieran convertido en raíces.

—*Güeno,* vete a mear antes de que te eches a nadar —me dice tío Herculano con una sonrisa, y por fin me dirijo a los árboles para hacer mis necesidades.

¿Puede ser cierto? Tía Luisa sí es lo suficiente fea para haber sido un hombre. Y esa cicatriz que tiene en el cachete—¿será del rasguño que le dio la bruja? Tal vez por eso es tan mala ….

¡No!—pienso, regañándome a mí mismo. Otra vez serán los puros cuentos de mi tío burlador. Pero de todos modos agarro un palito y pinto una cruz en la tierra mojada. Al hacerlo oigo los gruñidos de un perro—¡unos gruñidos iguales a los de mi sueño!

A TWO-ARMED LAUGH

I'm fighting to catch my breath before I go back to the garden. I don't want tío Herculano to know I've run like the devil, as my *abuelito* would say.

But when I finally step out of the pines, I don't see my uncle anywhere in the garden. That seems pretty suspicious to me. Was he the one making those growling noises? I know he'd be capable of doing something like that, but how could he know about my dream with the black dog? I never told him about it.

"*¡Qué bárbaro, hijo!* I was thinking I was going to have to go look for you."

I turn and there is tío Herculano, standing in the ditch just like before. "Tío! How did you ... ?"

"Let's get on with the planting, *hijo,*" says my uncle, cutting me off. I don't insist on asking him how he managed to vanish in thin air and then reappear because I know, regardless of how he might answer me, I'll never be able to decide whether he's telling me the truth.

I know tío Herculano makes up tall tales, but why is it that his lies usually seem more real than the truth itself? Is there really any difference anyway?

My uncle is always telling me to "imagine" things. Well, I can sure imagine what he would do if he

UNA RISA DE DOS BRAZOS

Estoy luchando por recuperar el aliento antes de regresar al jardín. No quiero que sepa tío Herculano que he corrido como el demonio, como diría mi abuelito.

Pero me parece muy sospechoso que mi tío no esté en el jardín cuando por fin salgo de los pinos. ¿Sería él el de los gruñidos? Le creo capaz hasta de eso, pero ¿cómo supiera de mi sueño del perro negro? Nunca se lo conté.

135

—¡Qué bárbaro, hijo! Ya tenía mente de ir a buscarte.

Me vuelvo y veo que allí está tío Herculano, parado en la acequia como antes. —¡Tío! Pero ¿cómo ... ?

—Ya vamos a sembrar, hijo —dice mi tío, dejándome con la palabra en la boca. No insisto en preguntarle cómo se evaporizó y volvió a aparecerse porque sé que como quiera que me conteste, no podré decidir si fue cierto o no.

Sé que tío Herculano me platica puros cuentos, pero ¿cómo es que las mentiras que me dice parecen más verdaderas que la misma verdad? En fin de cuentas, ¿habrá diferencia?

Todo el tiempo mi tío quiere que me imagine lo que me cuenta. Bien puedo imaginarme de lo que haría si supiera lo que estoy pensando ahora. Se estremecería de tanta risa que por poco perdiera el otro brazo.

knew what I was thinking right now. He'd think it was so funny, he'd probably laugh his other arm off as well.

So I don't tell him anything as I help him drive a cross into the ground at the start of the first row of the garden. It's a custom tío Herculano picked up from his mother. This cross made out of willow reeds from the stream will help the plants prosper, he says.

Then, my uncle crosses himself, just like he does every year, and starts the obligatory prayer.

"Our Father who art in Heaven, hallowed be Thy Name," he pronounces, glancing at me like a priest waiting to have his hands washed.

"You take care of the wild animals, and I'll take care of the tame," I respond with the words my uncle has taught me.

Laughing between his teeth, tío Herculano digs his single hand into his carpenter's apron to pull out the seeds. He begins dropping them into the open furrows, but … he's not planting anything!

I rub my eyes, figuring the sun must be blinding me. But my eyes aren't playing any tricks. The carpenter's apron is empty, and my uncle is only pretending to plant.

I'm so amazed I can't move or talk. Finally, tío Herculano says in a rough voice, "Well, get to work, *hombre*. Cover up the seeds with the hoe like I've taught you."

"But tío," I tell him hesitantly, "you're … you're not planting anything."

"I know that, *hijo*. But look, last year we planted a lot of chile and nothing came out. This year we're

Así que sin decirle nada, le ayudo a clavar la cruz en la orilla del primer surco del jardín. Es una costumbre que tío Herculano aprendió de su madre. Sin esa cruz hecha de dos *jaritas* del río, dice, no prosperan las matas.

Luego mi tío se persigna, como todos los años lo hace antes de sembrar, y comienza el rezo obligatorio.

—Padre Nuestro que estás en los cielos —pronuncia, mirándome como un cura que espera que le laven las manos.

—Tú cuidas las vacas, y yo los becerros —contesto con las palabras que él me ha enseñado.

Riéndose entre dientes, tío Herculano mete su única mano dentro del mandil de carpintero para sacar las semillas. Empieza a dejarlas caer en los surcos pero ... ¡no está sembrando nada!

Me refriego los ojos, pues seguro que me está deslumbrando el sol. Pero no. El mandil de carpintero está vacío, y mi tío sólo está fingiendo sembrar.

Me quedo inmóvil, mudo de asombro, hasta que al fin tío Herculano me manda bruscamente,

—*Pos,* ponte a trabajar, hombre! Tapa las semillas con el cavador como te enseñé.

—Pero tío —le digo con bastante indecisión—, *usté ... usté* no está sembrando nada.

—Ya lo sé, hijto. Pero mira—el año *pasao* sembramos *muncho* chile y no salió nada. Este año vamos a sembrar nada a ver si sale chile.

going to plant nothing to see if some chile comes out."

With that, he begins laughing so loudly it scares the birds out of the trees and sets the cattle mooing down by the stream. It's a full and complete laugh, a two-armed laugh.

While tío Herculano continues "planting nothing," I follow behind him, covering up the empty furrows. I can't wait to see what will come up.

Con eso, suelta una risa tan grande que hasta a los pájaros los espanta y a las vacas allí en el río las pone a bramar. Es una risa entera, una risa de dos brazos.

Mientras tío Herculano sigue "sembrando nada," ando detrás de él, tapando los surcos vacíos. Ardo en deseos de ver lo que va a salir.

GLOSSARY

SPANISH	ENGLISH
abuela/ita:	grandmother.
abuelo/ito:	grandfather.
acabado:	worn-out.
avisar:	advise, make aware.
azul:	blue.
barbaridad:	terrible thing (literally, barbarity).
bárbaro/a:	awful, brutish.
basura:	trash, dump.
bisabuelo:	great-grandfather.
botella:	bottle.
bruja:	witch.
brujería:	witchcraft.
bueno:	good.
caballo:	horse.
calavera:	skull.
canción:	song.
carne:	meat.
casa:	house.

GLOSARIO

PALABRAS NUEVO-MEXICANOS

ESPANOL

a case de:	en casa de.
arcordates:	acordaste.
acostumbrao:	acostumbrado.
agüelo/a:	abuelo/a.
aí:	allí.
ajuera:	afuera.
ajuero:	agujero.
alimar:	limar.
almorzar:	desayunarse.
antonces:	entonces.
anyway:	sea como sea (inglés).
aplastao:	aplastado.
arreador:	conductor, chofer.
arrear:	conducir.
asina:	así.
asistir:	alimentar animales.
bacha:	colilla.
barbaridá:	barbaridad.

cerro:	hill.
colgar los tenis:	hang up the tennis shoes (New Mexican Spanish euphemism/idiom for dying).
comal:	cast-iron flat pan for cooking tortillas.
¿cómo te gusta?:	how do you like it?
¿cómo te parece?:	how does it seem to you (what do you think)?
compadre:	extra-familial relation, friend.
corrido:	traditional ballad.
criada:	female servant.
cuento:	story.
cunquián:	a traditional card game (also "conquián").
curandera:	folk healer (traditional female herbalist).
chapulín:	grasshopper.
Chihuahuenses:	place name in the Jémez Mountains of northern New Mexico.
chiquia(d)o:	traditional New Mexican dance characterized by the singing of verses.
chulita:	pretty female.
dando los días:	Literally, "giving the days" (a New Year's Day tradition of singing verses).
de:	of.
demontres:	devil.
diablo:	devil.
dio:	he (she, you) gave.

bole:	una vaca con frente blanca (del inglés: "bald").
caiba:	caía.
calientito:	calentito.
cantábanos:	cantábamos.
casao:	casado.
celebrábanos:	celebrábamos.
clin:	crin.
cobijao:	cobijado.
colgao:	colgado.
colorao:	colorado.
comprao:	comprado.
conocites:	conociste.
cosechao:	cosechado.
cuidao:	cuidado.
cunquián:	conquián (una partida de naipes).
curao:	curado.
chamisos:	artemisas.
chapa:	tirador de puerta.
chapulín:	saltamontes.
chiquiao:	chiquiado.
dábanos:	dábamos.
dejao:	dejado.
delicao:	delicado.
desaigre:	desaire.
desgraciao:	desgraciado.
despareció:	desapareció.
dijía(n):	decía(n).
dijíanos:	decíamos.
dijunto:	difunto.
dispensa:	despensa.

Dios:	God.
dolor:	pain.
dotor:	doctor (New Mexican Spanish pronunciation).
dulce:	sweet, candy.
el:	the ("masculine" nouns).
el cuento es:	the story is.
encono:	infection of a wound.
entiendes:	you understand.
eres:	you are.
espíritu:	spirit.
está bien:	it's/that's all right/fine.
fandango:	traditional dance.
fe:	faith.
frijoles:	beans.
gallinero:	chickenhouse.
gato:	cat.
golpe:	blow.
gracias:	thanks.
güeno:	New Mexican pronunciation of "bueno/good," in conversation, the equivalent of "well."
gusto:	joy, gusto.
habas:	horsebean.
hermanito:	little brother.
hijito:	little son.
hijo:	son.
hombre:	man.
imagínatelo:	just imagine that.
indio:	Indian.
inteligente:	intelligent, smart.

dotor:	doctor.
edá:	edad.
embrujao:	embrujado.
encerrao:	encerrado.
enconao:	enconado.
endemoniao:	endemoniado.
enfermedá:	enfermedad.
en papá:	padre (expresión cariñosa).
estábanos:	estábamos.
escoba de la víbora:	bistorta.
estábanos:	estábamos.
estrambólico:	estrambótico.
estufas:	estuvo (expresión familiar para "ya estuvo").
farolazo:	trago de licor.
fregao:	fregado.
fregates:	fregaste.
ganao:	ganado.
guajolote:	pavo.
güen:	buen.
güeno:	bueno.
hechizao:	hechizado.
hombrada:	una mujer con características de un hombre.
horcar:	ahorcar.
íbanos:	íbamos.
impuesto:	acostumbrado.
izque:	es que.
jaitún:	presumido (del inglés: "high-toned").
jallar:	hallar.

invierno:	winter.
jaitunes:	high faluting (New Mexican Spanish idiom from English, "high-toned").
la:	the ("feminine" nouns).
latillas:	small peeled poles used in ceilings.
llano:	plain.
malo/a:	bad, evil.
malva(d)o:	evil-doer.
mano:	hand, also New Mexican expression for "brother" (from "hermano").
máquina:	machine.
marrano:	pig.
m'ijo:	my son.
mira:	look.
monte:	mountains.
moro:	Moor, Arab.
mucho/a:	much.
muerto:	dead.
murió:	he (she, you) died.
músico:	musician.
nalgas:	buttocks.
nomás:	just, only.
¿no se acuerda?:	don't you remember?
no te rasques:	don't scratch yourself.
n'ombre:	no way, man (contraction of "no, hombre").
ojo:	spring (of water), eye.
oshá:	traditional New Mexican medicinal herb (wild celery root).
oye:	listen.

jarita:	sauce.
jondear:	tirar, deshacerse de algo (o alguien).
jue:	fue.
juera:	fuera.
jueron:	fueron.
juerte:	fuerte.
juerza:	fuerza.
jugábanos:	jugábamos.
jui:	fui.
juites:	fuiste.
juimos:	fuimos.
juntábanos:	juntábamos.
lao:	lado.
leaving:	dejando atrás (inglés).
levantao:	levantado.
limpiates:	limpiaste.
lonchar:	almorzar, comer.
loo:	luego.
lumbriz:	lombriz.
llamao:	llamado.
llevao:	llevado.
maderear:	engañar, embromar.
maguanco:	malo, acabado.
malacacha:	cara mala.
malvao:	malvado.
mandao:	mandado.
mashishe:	diablo, demonio.
mesmo:	mismo.
mojo(so):	moho(so).
mula:	licor de fabricación casera.
muncho:	mucho.

país:	country.
¿para qué?:	what for, why.
pelado:	bald.
piedra imán:	lodestone.
pieza:	In this context (New Mexican Spanish), type of dance.
pinabetal:	stand of pine trees.
portal:	porch.
préstame:	loan me, give me.
pueblo:	town, people.
pueblito:	village.
qué:	what.
¡qué dolor!:	what a terrible pain!
quemoso:	burning, very hot (New Mexican Spanish).
¿quién sabe?:	who knows?
quiere:	he/she/you want.
rancho:	ranch.
raza:	Literally, "race." In context, "Hispanics/Latinos."
remedio:	remedy.
respeto:	respect.
ristra:	tied string of red chile.
Rito de las Sillas:	Place name in the Jémez Mountains of northern New Mexico (literally, "the Stream of the Saddles").
rueda:	wheel.
sabes:	you know.
Sagrado Corazón:	Sacred Heart.
San:	saint (when used in front of a name, such as Juan).

murre:	muy.
na'a:	nada.
naidien:	nadie.
necesidá:	necesidad.
obligao:	obligado.
onde:	donde.
ondequiera:	dondequiera
ordeñao:	ordeñado.
pader:	pared.
pasábanos:	pasábamos.
pasao:	pasado.
pelao:	pelado.
peleao:	peleado.
platicao:	platicado.
pos:	pues.
pulla:	púa.
regates:	regaste.
relinche:	relincho.
rienda:	volante.
rito:	riíto.
sabíanos:	sabíamos.
sabina:	enebro.
sé:	sed.
sembráranos:	sembráramos.
serruche:	serrucho.
sonamagón:	palabra expletiva (del inglés, "son of a gun").
son of a baby:	palabra expletiva (inglés).
suidades:	ciudades.
tataragüelo:	tatarabuelo.
tirar chancla:	bailar.

149

señor:	man, mister (when used before a name).
Señor Todopoderoso:	God Almighty.
sonamagón:	son-of-a-gun (New Mexican expression from English).
soy:	I am.
sueño:	dream, sleep.
suerte:	luck.
talento:	talent.
tatarabuelo:	great-great-grandfather.
te:	you (indirect object).
tengo:	I have.
tía:	aunt.
tío:	uncle.
tonto:	dumb, stupid.
toro:	bull.
torzón:	a bad stomach ache.
trago:	drink.
tú:	you.
tuerto:	one-eyed.
una:	a, an (with "feminine" nouns).
vaca:	cow.
vámonos:	let's go.
ve:	you see.
verso/ito:	verse/little verse.
vieja/ita:	old woman.
viga:	natural wood beam.
vino:	wine.
vuelva pronto:	come back soon.
yo:	I.

torta:	galleta.
traiban:	traían.
trampar oreja:	dormir.
troca:	camión.
trochil:	porqueriza.
troquita:	camioneta.
truje/trujites:	traje/trajiste.
trujieron:	trajeron.
usábanos:	usábamos.
usté:	usted.
verdá:	verdad.
vide/vido:	vi/vio.
yarda:	patio (del inglés, yard).
zoquete:	lodo.
zotea:	azotea.